KB132356

부디, 얼지 않게끔

새
소설

08

부디,
얼지
않게끔

강민영 장편소설

자음과모음

차
례

프롤로그 9

봄
13

여름
61

가을
127

겨울
177

작가의 말 201

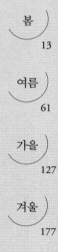

겨울이 지나갈 때까지 너를 기다릴 거야.

사무실 데스크에 앉아 이번 여름은 그 어느 때보다 덥고 습할 것이라는 뉴스를 보고 있었다. 매년 반복되는 의미 없는 이야기지만 반 정도는 귀담아들을 만했다. 겨울이 추운 만큼 여름이 덥다던데 작년 겨울이 그렇게 추웠나 잠시 생각했다.

"기록적인 폭염이라고? 매번 여름마다 똑같은 소리. 그래도 작년은 좀 덜 더웠구만."

뒷자리에서 갑자기 들리는 곽 부장의 목소리에 재빨리 인터넷 뉴스 창을 내렸다.

"부장님, 그렇게 뒤에서 갑자기 튀어나오시면 어떻게 해요? 놀래라."

"아니, 그게 모니터가 여기서 딱 보이잖아요. 사실 나도 같은 뉴스 보고 있었거든."

곽 부장은 파티션 너머에 엉거주춤 서서 나에게 자신의 핸드폰을 쑥 내밀었다. 곽 부장의 핸드폰 화면에는 초록색 포털의 메인 위로 큼지막한 글자들이 가득 채워져 있었다. 역대급 폭염, 재난과도 같은 더위 기승, 전국에 가뭄 대비책 비상……. 곽 부장은 핸드폰을 내려놓고 책상 위에 있던 부채를 들어 펄럭이기 시작했다.

"기사 보고 있으려니 열이 확 오르네. 우리 팀 선풍기라도 몇 대 더 사둘까?"

곽 부장의 파닥거리는 손동작을 보면서 나는 시큰둥하게 답했다.

"그러지 말고 그 돈으로 여름휴가를 늘린다거나 하는 건 어때요?"

"인경 씨는 우리 회사 사정 알면서 또 그런다. 여름, 겨울이 피크인데 어떻게 휴가를 더 늘려요. 우리는 한철 벌어 먹고사는 사람들인데."

곽 부장은 정색하는 표정을 지으며 사무실을 한 바퀴 둘러봤다. 파티션 너머로 머리를 쏙 올린 채 우리의 대화를 엿듣고 있던 직원들이 황급히 머리통을 숨겼다. 유일하게 파티션 위로 고개를 들어올리지 않은 사람은 대각선 너머에 자리한 경영지원팀 직원 송희진뿐이다.

"근데 인경 씨는 더위도 별로 안 타잖아요? 여름휴가야 더위를 견디다 못해 쉬고 싶은 사람들이 길게 내는 거고, 인경 씨는 그거랑은 거리가 멀잖아요. 이거 봐, 다들 더워하는데 혼자 부채질도 안 하고."

곽 부장은 여전히 부채질을 그치지 않은 채 나를 바라보며 말했다. 곽 부장의 말을 듣고 빼꼼히 고개를 들어 사무실을 훑어보니, 구석 저편에서부터 휴대용 선풍기들이 돌아가는 소리가 가늘게 들리고 있었다. 나와 눈이 마주친 곽 부장은 어깨를 으쓱 세우며 자리로 돌아갔다.

"부장님, 인경 씨 체질이라니까요, 체질."

부럽다, 부러워. 말을 덧붙인 정 팀장이 건너편에서 고개를 쏙 내민 채 살짝 윙크를 보냈다. 여전히 사무실에는 휴대용 선풍기들 돌아가는 소리가 크게 들렸다. 그렇게 더우면 차라리 에어컨을 켜면 좋겠지만, 6월이 시작되기 전에는 어림도 없다는 곽 부장의 엄포 때문에 누구 하나 선뜻 에어컨의 전원 버튼을 누를 생각을 하지 못하고 있다.

대각선 구석 송희진의 자리에서도 선풍기 스위치를 켜는

소리가 들렸다. 이 넓은 사무실 내에, 부채질하거나 선풍기 바람을 쐬고 있지 않는 사람은 나뿐이었다. 그때 눈치챘어야 했다. 실외 기온과 맞먹는 무더운 사무실 한복판에서 땀 한 방울 흘리지 않는 스스로를 한 번이라도 의심해보았어야 했다. 그랬다면 좀 더 시간을 벌 수 있었을지도 모른다.

일주일 뒤, 나는 인생의 마지막이 될지도 모르는 여름을 무방비 상태로 맞이하게 된다. 내 몸은 전혀 상상하지 못한 방향으로 변해버렸으며 그 사실을 알게 된 건 그 누구도 아닌, 송희진을 통해서였다.

그러니까 이제 모든 것은 희진, 그녀에게 달렸다.

봄

한여름에 베트남에 가겠다고 오퍼를 넣는 사람들은 대체로 두 부류였다. 베트남을 너무 모르거나 베트남을 너무 잘 아는 사람들. 베트남 단기 배낭여행 인솔도 자주 있는 일은 아니었다. 곽 부장이 이 건을 잘 해결해야 전국의 초중고등학교 및 대학교를 뚫는다며 호들갑을 떨 때부터 범상치 않은 일이라고는 생각했다. 전체 일정에는 반드시 '사파 트레킹'을 넣어달라고 했기 때문이다. 흔히 가는 하노이나 호찌민도 아니고, 사파라니. 베트남 최북단에 있는 사파라는 지역을 아는 사람은 많지 않다. 중국과의 경계에 있으면서 베트남 평균기온에서 한참 밑도는, 한국으로 따지면 강원도 산간 지방 같은 곳이랄까. 사파는 아직까진 한국 사람들에게 잘 알려진 지역이 아니다. 그럼에도 불구하고 어디서들 알고 찾아오는지 아주 가끔씩 사파를 가고 싶어 하는 사람들이 주문을 넣곤 한다. 이번처럼 말이다.

비수기의 베트남 일정을 짜는 것은 그리 어렵지 않다. 성수기인 겨울에 비하면 비행기 티켓 좌석 확보하기도 쉽고, 그렇다 보니 전체 일정에 할당된 경비도 자연스럽게 줄어들어 비교적 저렴하게 해외여행을 즐길 수 있다는 착각을 얹어주기도 하기 때문이다. 당장 몇 주 뒤에 떠나야 하는 일정이고 포함된 인원이 워낙 많아 조금 버겁긴 했지만, 못 할 일은 아니었다. 칠순 기념 여행, 세계 명소 여행, 역사 기행이나 자유 여행 등 각양각색의 주문들을 단 며칠 만에 그려내어 스케줄을 잡는 것도 지금까지 잘 해결해왔기 때문이다. 차라리 대학생들은 괜찮다. 아이들처럼 여기저기 뛰어다닐 일도 없으며 마음대로 경로를 이탈할 일도 없으니 말이다. 이번 베트남행의 복병이 있다면, 학교 측에서 경리 직원을 일정에 포함해주었으면 한다는 요구였다.

"제가요? 제가 가야 한다고요?"

한 번도 사무실에서 소란을 피운 적이 없던 송희진 경리가 처음으로 큰소리를 냈다.

"부장님, 저는 이 H대학교 건만 하는 게 아니잖아요. 어떻게 이것만 처리하러 베트남까지 갈 수 있겠어요. 상식적으로 말이 안 되잖아요."

송희진은 상식이라는 말을 반복해서 곽 부장 앞에 뱉어내었다. 곽 부장도 곤란한 표정을 지었지만, 이미 그러겠다고 한 일을 어떻게 무르냐는 식으로 이야기했다.

"송 주임, 이런 일이 지금까지는 한 번도 없었잖아요. 자주 있는 일도 아니고, 워낙 큰 건이라 저쪽에서도 신경을 써야 한다고 하지, 돈도 비행기값 제외하고 전부 현금 처리 하는 거라서, 조교 한 명만 달랑 데려가기 불안하다고 하고. 체류 비용도 다 댄다고 하잖아."

송희진은 어이없다는 듯 안경을 고쳐 쓰며 말을 이었다.

"그럼 그동안 밀린 경비 처리며 매일 건별로 올라오는 직원들 결재는, 그건 누가 처리하는데요. 부장님이 해주실 건가요?"

"그건 당분간 결재 없이 그냥 바로 처리하게 할게요. 송 주임 나가 있는 동안은 전부, 이쪽 일 신경 쓰지 않고 운영할 수 있게 그건 내가 알아서 할게."

곽 부장의 '결재 없이'라는 말에 사무실 직원들의 귀가 전부 쭉긋 열렸다. 정 팀장은 파티션 구석에 숨어 '나이스'하는 작은 탄성을 토해냈다.

"그리고 무슨 일 있으면 든든한 인경 씨가 있는데 이보다 더한 기회가 어딨어요. 이참에 베트남 구경도 하고 오면 좋고."

인경 씨, 베트남 몇 번이나 다녀왔다고 했더라? 라며 나를 돌아보며 답을 재촉하는 곽 부장의 얼굴이 그렇게 밉상으로 보일 수 없었다. 하지만 내가 곽 부장의 면전에 대고 뭐라고 하기 이전에 송희진이 아까보다 더욱 화가 난 듯 말을 쏘아 이어갔다.

"곽 부장님, 무슨 말씀을 그렇게 하세요. 베트남 구경이라뇨. 회사에서 종일 소액결제 문자며 지결서나 시시각각 수정되는 엑셀 파일들 들여다보기도 벅찬데, 구경이라뇨. 제가 회사 놀러 다니는 줄 아세요?"

송희진은 말이 끝나자마자 책상 바닥에 서류 다발을 신경질적으로 던졌고, 서류들이 낱장으로 흩어지는 소리에 사무실 분위기는 삽시간에 얼어붙었다. 아까부터 안절부절못하며 상황을 보고 있던 직원들이 거의 동시에 일어나 송희진 쪽으로 달려갔고, 나도 엉거주춤 일어나 곽 부장 쪽으로 갈지 송희진을 다독일지 고민했다. 그사이 정 팀장이 다가와 두 사람을 중재하며 나섰다.

"그, 저기 두 분 회의실에서 이야기 마저 하시면 어때요? 여기서 이러지 말고, 탕비실 가서 커피도 좀 마시면서요. 부장님, 주임님, 어서요."

정 팀장은 두 사람의 등을 떠밀며 사무실 안쪽의 소회의실로 사라졌다. 남겨진 직원들은 머리를 긁적이며 서로를 바라보다 자리에 앉았다. 구석에서 에어컨이 켜지는 소리가 작게 들렸다.

"저거 뭐예요, 대리님은 알고 있었어요?"

옆자리에 앉은 부사수가 고개를 들이밀며 물었다.

"아니요, 저는 일정이나 항공권 조정하기 바빠서. 학교에서 경리 지원 업무를 볼 사람을 붙여달라고 했다니, 좀 의원데요."

"그러면 최 대리님이랑 송 주임이랑 같은 방 쓰고, 그래야 하는 거죠? 송 주임님 해외여행 한 번도 안 가봤다고 하던데, 최 대리님이 주임님 막 챙기면서 다녀야 하는 거죠?"

사무실 직원들의 시선이 일제히 나에게 꽂혔다.

"아니, 뭐 한두 번 가는 베트남도 아니고, 어디에 묵고 먹고 다 라인 나와서 그대로 하면 되긴 해서 저는 뭐⋯⋯."

"막말로 최 대리님이야 베테랑이죠. 일정 조율하고 사람들 데리고 어디 가고 알아서 잘하실 테지만, 변수는⋯⋯."

"변수는 송 주임이다, 이거죠?"

내가 말을 그대로 받아치며 답하자, 부사수의 눈이 반짝거리며 빛났다.

"바로 그거죠, 송 주임님. 송 주임님 엄청나게 깐깐한 사람인 거 사무실 직원들도 다 알고 다른 팀에 이미 소문도 쫙 날 정돈데, 그런 사람이랑 같이 다니면 얼마나 힘들겠어요. 걱정 안 돼요, 대리님은?"

그때 곽 부장과 송희진 두 사람을 끌고 나갔던 정 팀장이 고개를 절레절레 가로저으며 들어와 자리에 앉았다.

"곽 부장이 또 제대로 말 안 했나 본데. 송 주임 완전 화나서 안 가고 안 하겠다고 한 거 말리느라 혼났네, 혼났어."

정 팀장은 모니터 앞에 놓인 휴대용 선풍기를 1단에서 3단으로 올리며, 말을 이었다.

"일단 가기로 했는데, 나머지는 최 대리님이 수고해주셔야 할 것 같아요. 휴일 수당이니 출장비니 다 챙겨준대도 안 가겠다고, 이런 법이 어디 있냐고 하는 걸 억지로 어르고 달랬으니."

제가 뭐 수고하고 말 게 있나요. 혼잣말처럼 대답을 얼버무리는 나를 보며 정 팀장은 들고 있던 볼펜으로 통통

두 번 책상을 두들겼다.

"그게 문제가 아니라, 송 주임이 왜 베트남 가기 싫어하는지 정말 몰라요? 송 주임을 그렇게나 오랫동안 봐왔으면서. 그나마 최 대리가 송 주임 제일 잘 알지 않아요?"

정 팀장의 말이 끝나기가 무섭게 사무실 직원들이 일제히 의자 바퀴를 끌고 그녀 쪽으로 모여들었다. 곽 부장의 자리 근처에 앉아 자료 정리를 하고 있던 인턴 직원 두 명도, 하던 일을 멈추고 정 팀장 쪽으로 고개를 돌렸다.

"정 팀장님, 송 주임님 무슨 문제 있어요? 막 비행기 타면 공황장애 오고 그러는?"

"저도 예전부터 송 주임님 좀 이상하다고 생각하고 있었는데, 그게 지병이 있어서 그런가."

정 팀장은 눈빛을 초롱초롱 빛내며 자신을 바라보고 있는 직원들을 하나씩 흘겨보며 말했다.

"그런 거 아니고, 아니 왜 최 대리한테 하는 이야기를 왜 엿듣고 그래, 정말. 송 주임 햇빛 알레르긴가 뭔가 있어서 그래요. 그거 여름에 아주 지독해지는 병이라더만."

에이, 또 뭐라고. 김샌 표정으로 하나둘씩 자리로 돌아가는 직원들을 바라보며 나는 정 팀장에게 물었다.

"팀장님, 근데 햇빛 알레르기가 뭐예요? 그거 심각한 병이거나 하는 거면 저도 좀 알아야 할 것 같은데……."

"나도 송 주임 알고 처음 듣게 된 병인데, 뭐라더라, 자외선이 심하고 햇볕이 뜨겁고 그러면 몸에서 두드러기가 올라온다더라고요. 흔한 질병은 아닌데 여름에 좀 불편한 병이라고 하던가. 나도 자세히는 몰라요, 오다가다 들은 거라."

그러고 보니 얼마 전 건강검진을 받을 때 알레르기 체크란 하단 어딘가에서 그 단어를 본 것 같기도 하다. 핸드폰을 들고 포털 창에 '햇빛 알레르기'를 검색하고 있으려니, 정 팀장이 내 쪽으로 더 가까이 다가와 넌지시 속삭였다.

"송 주임이 저 자리 고집한 것도 에어컨 앞이어서 그런 거라니까. 더위를 어찌나 많이 타는지 선풍기도 여러 대 끼고 살고. 송 주임 한겨울에 패딩 차림으로 출근하는 거 본 적 있어요? 겨울은 송 주임한테 천국이라니까. 그러니까 베트남을 좋아하겠어, 그 열대지방을?"

송희진이 원래 여름을 싫어했는지 좋아했는지는 잘 모르겠다. 애초에 나는 업무적으로도 송희진과 자주 마주치지도 않을뿐더러, 무엇보다 별 관심이 없었으니까. 하지만 곰곰이 생각해보면 좀 이상한 구석은 있었다. 월말 정산때 출장비 지급 확인서에 사인하러 송희진 자리에 갈 때마다 묘한 기분을 느낀 적은 있었다. 펀딩 사이트에서 구매한 것이 분명해 보이는 제품과 박스들이 종종 자리를 가득 채우고 있었고, 그건 대체로 냉방용품들이었다. 조그마한 제습기부터 시작해서, 몇 달 전 트위터에서 화제가 되었던 두피 쿨링 마사지기 같은 신기한 것들이 즐비해 있었다.

얼굴을 잔뜩 찡그리며 딱한 표정을 짓는 정 팀장 뒤로 송 주임과 곽 부장이 들어오고 있었다. 머쓱한 표정으로 머리를 긁적이는 곽 부장은 빠른 걸음으로 사무실 중앙을 지나쳐 복도 문을 열고 사라졌고, 송희진은 여전히 분이 삭히지 않는 듯 벌건 얼굴로 천천히 자리로 돌아가 앉았다. 송희진의 키보드 소리가 다시 들릴 때까지 두 사람을 유심히 바라보던 정 팀장은, 고개를 홱 돌려 내 손을 붙잡고 조용히 말했다.

"인경 씨가 가서 잘 좀 해주라. 아무리 수당 챙겨준다고 해도 병은 병이니까, 힘들 거야, 송 주임이."

정 팀장의 눈가가 순간 촉촉하게 젖는 것 같았다. 그녀는 잡고 있던 내 손을 두 번 톡톡 다독이고 나서 자리로 돌아갔다. 송희진이 걸린 무슨 알레르기라는 그 병을 좀 더 찾아봐야겠다는 생각이 들어 자세를 고치고 컴퓨터 앞에 앉았다. 어렵게 찾은 정보들을 전부 복사해서 메모장에 붙여 넣었다. 평생 찾지 않아도 될 단어를 찾고 신경 쓰지 않아도 될 것을 신경 써야 한다니. 베트남에서 돌아오면 이번 인솔비는 지난번 모로코 출장보다 배는 더 달라고 해야 할 것 같다.

순간 사무실 에어컨 온도를 낮추는 소리가 울렸다. 띠링 띠리링. 버튼 소리가 연달아 두 번 구석에서 들렸고, 반사적으로 고개를 들어 에어컨 쪽을 확인하니 그 아래로 송희진의 적갈색 머리카락이 빠르게 사라졌다.

*

"저 햇빛 알레르기 아니에요."

베트남 출장 날, 단체 체크인을 끝내고 한숨 돌리려는데 송희진이 먼저 말을 꺼냈다.

"저 알레르기 있는 거 아니라고요. 정 팀장님이 저 햇빛 닿으면 뭐 아프다느니, 자외선 조심해야 한다느니 했다면서요."

송희진은 들고 있던 플라스틱 컵 안에 있는 얼음을 흔들어 조각내고 있었다.

"아, 그날 그거 들었어요? 정 팀장님이 그냥 별 뜻 없이,

송 주임님 해외 처음이니까 잘해주라고…….”

“그러니까 그거 아니에요, 햇빛 알레르기. 그냥 더운 게 싫어서 그랬어요. 여름이라면 저는 질색이거든요.”

컵 안에 든 얼음을 큰 소리로 와그작 씹으며, 송희진이 말을 이었다. 그녀의 목에는 분홍색 휴대용 선풍기가 걸려 있었다.

“최 대리님이랑 같이 출장 가게 되었으니 그냥 말해드리는 거예요. 저 너무 걱정하지 마시라고. 더운 거 싫어하는 사람 많잖아요? 그냥 제가 좀 유별나게 더위에 민감한 것뿐이니까요. 보세요, 벌써 이렇게 땀을 흘리고.”

송희진은 컵에 남아 있는 얼음을 한입에 욱여넣고 다른 손으로 휴대용 선풍기의 전원을 켜서 자신의 이마에 골고루 겨누고 있었다. 공항 안이 그 정도로 덥지 않은데 싶다가도, 나는 이전에 스쳐가듯 듣고 봤던 폭염이니 뭐니 하는 뉴스와 사무실에 있는 송희진의 자리를 번갈아 떠올렸다. 그래, 뭐 이 정도도 더운 사람이 있겠지. 나는 콩알 땀을 계속해서 흘리고 있는 송희진을 보며 어색한 웃음을 지었다.

“그래도 우리가 주로 머물 지역은 다른 베트남 도시들만큼 덥지는 않으니까 안심해요.”

송희진이 갑자기 눈을 동그랗게 뜨며 나를 바라봤다.

"베트남에도 그런 곳이 있어요? 찾아보니까 막 다 36도
니 37도니, 사람 체온도 아니고 그 아래로 내려가지 않던
데요."

"주임님, 설마 여기 오기 전에 아무것도 안 찾아본 거예
요?"

어깨를 으쓱 올리며, 송희진이 말을 이었다.

"찾아보고 뭐고 할 게 어딨어요. 최 대리님이 가자는 대
로 가고, 쫓아다니면서 경비 처리해주고 그러면 제 일은
땡인데. 그리고 제가 뭐 좋아서 온 것도 아니고, 인생 첫 해
외여행이 베트남이라니. 돈 좀 더 모아서 이번 여름엔 호
주나 그것도 안 되면 저기 어디죠, 시원한 데. 아, 홋카이
도. 그런 곳이나 갔다 오고 싶었는데."

발발거리며 열심히 돌아가고 있는 송희진의 휴대용 선
풍기만큼, 그녀는 쉬지 않고 말을 쏟아내고 있었다. 나는
수다스러운 송희진의 모습이 조금 이상하고 재밌어서 나
도 모르게 쿡, 하고 웃음을 내비치고 말았다.

"최 대리님, 왜 웃으세요. 저는 진심으로 하는 말인데."

"그게 아니라, 주임님 원래 이런 성격이신 줄 몰랐어요.
사무실에서는 말도 별로 없으시고 딱히 사람들이랑 어울

리는 걸 좋아하지도 않으신 것 같고. 이런 주임님 되게 신선하네요."

내 말이 끝나자마자, 송희진이 가볍게 눈을 흘겼다.

"그거야 사무실에서나 그렇죠. 곽 부장이랑 정 팀장이랑 딱 붙어서 일하려면, 자연스럽게 철벽인이 되어야 하는 거, 대리님도 겪어서 아시잖아요. 괜히 웃는 얼굴 보였다가 얕보이는 것도 싫고. 그거 다 처세예요, 처세."

고개를 절레절레 흔드는 송희진을 보니, 사무실의 수다스러운 후배 직원들이 떠올랐다. 각각 다른 방을 쓴다 해도 지금부터 열흘 동안 종일 그녀와 붙어 있어야 하는데, 계속해서 저렇게 말을 걸어오면 어쩌나 싶은 생각도 잠시 들었다. 그래도 햇빛 알레르기니 뭐니 하는 질병이 있는 게 아니라니, 한시름 덜었다는 생각을 했다. 더운 걸 싫어한다곤 하지만 뭐, 지내다 보면 익숙해질 테니까. 우리의 최종 목적지가 사파라는 것이 다행이다 싶었다. 하노이는 좀 더워도, 일단 사파에 들어가고 나면 괜찮을 테니까.

예상한 대로 하노이국제공항을 통과해 시내로 나올 때부터 송희진은 몹시 힘들어했다. 그건 단체 관광을 따라나선 학생들도 마찬가지였다. 버스에 오르내릴 때마다 하노이의 열기에 숨이 턱턱 막히며 매연이 너무 심하다고 몇 걸음 걷지 못해 주저앉아 에어컨이라는 단어만 연발하는 학생도 있었다. 그들의 불평을 들을 때마다 열대지방은 원래 그런 거라고 지내다 보면 나아질 거라고 말하며, 나는 멀찌감치 떨어져 있는 송희진의 안색을 살폈다. 그녀는 하노이 일정 내내 커다란 크로스백을 약간 앞쪽으로 멘 채, 분홍색 휴대용 선풍기를 목에 걸고 무리의 뒤편을 지키고 있었다. 종일 얼굴을 일그러뜨리고 있던 그녀는 매일 저녁 숙소에 돌아와 남은 정산을 처리할 때 가장 편해 보였다. 송희진과 내 방은 바로 옆에 붙어 있었는데, 학생들을 숙소에 들여보낸 후 매일 일정과 사용 금액을 맞추러 늦은 저녁 그녀의 숙소에 들어갈 때는 언제나 냉기를 느꼈다. 방 안의 온도는 늘 낮게 맞춰져 있었는데 그 와중에 선풍기 두 대를 데스크에 요청할 정도였다. 송희진과 잔업을 하기 위해서 나는 혹시나 하고 가져온 카디건과 등산용 재킷을 꼭 챙겨가야 했다. 그럴 때마다 송희진은 나를 놀란 토끼 눈으로 보며 그런 걸 입고 덥지도 않으냐고 신기해했다.

하노이를 벗어나 주요 일정을 소화해야 하는 사파로 이동하고 나니 송희진은 한결 수월해 보였다. 송희진뿐만 아니라 대부분의 학생이 사파의 기온을 좋아했다. 추위를 조금 타는 학생들은 가까운 상점에서 산 얇은 카디건을 들고 다녔다. 사방을 둘러봐도 온통 풀숲뿐이고 저녁이 되면 한국의 가을 날씨 정도로 내려가는 쾌적한 기온을 다들 만끽하고 있었다. 온종일 인상을 구기고 다니던 송희진도 때때로 콧노래를 부르며 이제야 베트남을 좀 즐기는 듯 보였다. 사파에 도착하고 나서는 나의 일정도 다소 느슨해졌다. 사파는 하노이보다 작은 도시인 데다가 오래전부터 거래하던 업체들도 그대로 남아 있어 일도 다른 곳보다 편했다. 일부러 좀 쉬고 싶어 사파 일정을 길게 잡았는데, 다들 하노이에서 처음 접하는 베트남 더위에 지쳐 있었던 것이 다행이었다. 도시가 워낙 작고 좁은 길로 촘촘히 이어져 있어 일정에 맞게 돌아오지 않는 사람이 있으면 오토바이를 한 대 빌려 찾으러 가면 그만이었다. 모든 일이 사무실에서 했던 걱정과는 다르게, 평온하고 안정적인 방향으로 흘러가고 있었다. 단 하나, 하노이를 떠나올 때부터 나를 지나치게 빤히 관찰하는 것같이 느껴졌던, 송희진의 시선만 제외하면 말이다.

어느 순간부터 송희진은 나와 단둘이 있을 때면 유난히 나를 주의 깊게 주시하곤 했다. 베트남 일정 초반에는 나밖에 의지할 사람이 없고 까마득히 어린 대학생들이나 말

안 통하는 조교와는 이야기하고 싶지 않아서, 줄곧 나에게서 시선을 떼지 않는 줄 알았다. 때문에 나는 송희진과 눈을 자주 마주쳤다. 며칠이 지나고 똑같은 상황이 벌어질 때마다 송희진은 내 몸 구석의 어딘가를 강박적으로 바라보며 심각한 표정을 짓는 일이 잦아졌다. 무표정한 얼굴로 나의 일부를 바라보고 있었다. 가끔 날파리나 모기를 쫓는 제스처로 송희진의 시선을 분산시킬 수 있었지만 그것도 그때뿐이었다. 하노이에서 사파로 이동하는 버스 안에서 옆자리에 앉아 있던 송희진이, 반대편 창문 밖의 풍경을 바라보는 척하면서 내 목 언저리를 흘깃거리고 있었다는 사실을 알아챘을 때, 나는 온몸에 소름을 느낄 정도로 놀랐으나 그 이유에 대해서는 아무리 머리를 굴려도 짐작하기 어려웠다. 그때부터 나도 그녀를 미세하게 관찰하기 시작했지만 송희진은 그런 내 시선 따위는 안중에도 없는 듯 더욱 집중해서, 나를 훑었다.

2박 3일로 예정되어 있던 단체 트레킹 일정에 참여하는 학생들에게 현지 가이드와 포터를 붙여주고 난 후, 이 문제에 관해 송희진과 이야기해볼 참이었다. 어차피 가이드 비용은 돌아와서 모두 정산할 테고 그 비용엔 식비도 포함되어 있으니 송희진도 그 일정을 따라갈 필요가 없었다.

더운 걸 죽기보다 싫어하는 송희진도 땀범벅에 녹초가 될
것이 분명한 트레킹 일정에 자처해서 나설 리 만무했다.
트레킹 출발 당일 정오쯤 일어나 학생들과 가이드를 배웅
한 다음, 나는 잠들어 있는 송희진을 깨웠다.

　점심을 먹자며 송희진을 불러다 노상 카페에 앉아 음식과
음료를 시켰다. 나는 맥주를 시켰지만 송희진은 이렇게 더
운데 술을 마시다가 비명횡사할 일이 있냐며 콜라를 한 잔
시켰다. 막상 송희진과 독대하고 앉아 있으려니 말이 잘
나오지 않았다. 송희진은 콜라와 함께 얼음이 가득 담긴
컵 두 개를 추가로 주문해 한 손에 하나씩 쥔 채 나를 바
라보고 있었다. 어떻게 해야 송희진이 상처받지 않고 기분
나쁘지 않게 이야기할 수 있을까. 회사 사람들과 이런 문
제로 다퉈본 적은 없었는데, 왜 하필 송희진이 걸린 걸까.
그래도 그냥 참고 넘어갈 수는 없었다. 여전히 목 언저리
에 꽂히는 송희진의 시선을 느끼며 얼굴이 벌게지도록 병
맥주만 벌컥벌컥 들이켜고 있는데, 컵을 꼭 쥐고 있던 송
희진의 두 손이 갑자기 앞으로 쑥 튀어나와 내 오른쪽 팔
목을 강하게 잡았다. 순간적으로 억 소리를 냈고, 내가 자
리에서 벌떡 일어나는 바람에 마시고 있던 맥주가 테이블
위로 쏟아졌다. 그런데 송희진은 나보다 더 놀란 얼굴을

한 채 내 팔목을 잡고 있던 자신의 두 손을 바라보고 있었다. 이렇게 기가 차는 경우가 있나. 나는 화가 폭발해 송희진을 향해 소리 질렀다.

"송 주임, 도대체 지금 뭐 하자는 거예요?"

갑자기 그간 그녀로 인해 스트레스받았던 일들이 머릿속에 몰려와 눈물이 날 것 같은 마음을 간신히 다잡고, 송희진을 똑바로 쏘아보았다. 송희진은 고개를 천천히 들어 나를 바라보며 말했다.

"최 대리님. 최 대리님, 언제부터 이랬어요?"

그녀는 여전히 자신의 손을 보고 있었다. 언제부터 이랬냐니, 도대체 뭐가?

"송 주임님, 뭐 하는 거예요. 안 그래도 최근에 송 주임님 너무 불편했는데, 갑자기 사람 놀라게 지금 이게 뭐 하자는 거냐고요."

송희진은 두 손을 테이블 위에 살며시 올려놓고, 사색이 된 얼굴로 나를 바라보며 말을 버벅거렸다.

"최 대리님, 팔이. 설마 했는데, 팔이, 이 더위에."

저 여자가 도대체 무슨 말을 하는 거야. 나는 기가 막혀 다시 그녀를 향해 따지듯 이야기하려는데, 송희진이 갑자기 울먹거리기 시작했다. 나는 당황해서 송희진을 바라봤다.

"뭐라고요? 송 주임님, 똑바로 말해보세요. 지금 저랑 장난하자는 거예요?"

송희진은 테이블에 가까스로 올려져 있는 콜라를 단숨에 비우고 말을 이었다.

"저 사실 베트남 떠날 때부터 대리님 지켜봤어요. 아니, 그 전부터, 그러니까 사무실에서도. 사람들 다 덥다고 난리 칠 때, 그때부터 대리님 좀 이상했어요. 그리고 베트남 와서도, 그 더운 하노이에서. 아무리 체질이라고는 하지만."

그녀는 내 목을 손가락으로 가리켰다.

"팔 그리고 그 목, 목에서 한 번도 땀 안 나는 사람이 어 딨어요. 제가 다른 건 몰라도 그건 알아요. 덥거나 춥거나 거기선 땀 한 방울 정도는 흘러야 하는데, 사람이라면 그 래야 하는데."

나는 반사적으로 손을 목덜미로 가져갔다. 땀이라고?

"한 방울도 나지 않고, 더운 기색도 전혀 없이, 다들 땡볕 에 지쳐 있는데 혼자 기운 넘치고."

송희진은 숨을 크게 뱉으며 말을 이었다.

"대리님, 그거 맞죠? 파충류나 양서류 그런 종류요. 땀도 안 나고 온도에 따라 체온도 변하고 하는, 그거 뭐더라, 그 거요, 대리님."

변온동물.

우리는 동시에 외쳤다.

처음에는 송희진의 농담이 심하다고 생각했다. 더위를
너무 먹으면 저럴 수도 있다는데, 아픈 건 내가 아니라 오
히려 송희진 쪽이 아닐까 생각했다. 하지만 송희진은 의견
을 굽히지 않았다. 오히려 송희진은 왜 그렇게 자신에 대
해 둔감하냐며 나를 나무랐다. 답답해하는 송희진과 그런
송희진을 이해할 수 없는 나, 두 사람 사이에 팽팽한 설전
이 오갔다.

보다 못한 송희진이 그렇게 자신을 못 믿겠다면 실험을
하나 하자고 했다. 그때도 아무 이상이 없게 느껴진다면
대리님께 죄송하다고, 자신이 착각한 것이라 깨끗하게 인
정하겠다고 말했다. 아직 송희진과 해결하지 못한 문제 그
러니까 송희진이 나를 이상할 정도로 집요하고 기분 나쁘
게 바라봤던 그 문제가 이것 때문이었다면, 어쨌든 해결해
야만 한다는 생각이 들었다. 송희진의 확신에 찬 표정을
보며, 나는 그녀의 제안을 받아들였다.

"사우나 같은 곳을 찾아야 해요, 한국의 한증막 같은. 그
런 곳에 들어갔다 나오면 분명 대리님도 이해할 거예요. 지

금 대리님 상태가 어떤지를."

송희진은 일반 사람들이 견디기 힘들 만큼 높은 온도를 찾아야 한다고 했다. 예전에 그녀는 사촌 동생이 뱀을 키우는 것을 본 적이 있다며, 지금 내가 그 뱀과 꼭 같다고 이야기했다. 그녀는 자신에게 지금은 충분히 덥고 견디기 힘든, 일상생활에 방해될 정도의 더위지만 나에겐 가장 활동하기 좋은 온도이며 그렇기 때문에 땀 한 방울 흘리지 않고 이 모든 것을 버티고 있는 것이라 이야기했다. 나를 가지고 실험한다는 것이 탐탁지는 않았지만, 확실히 베트남에 오고 나서는 한국보다 훨씬 움직이기도 일하기도 편해졌다는 생각을 하며 이상하게 여기고 있던 터였다. 무엇보다 송희진이 그렇게까지 완강하게 주장하는 것에는 무언가 이유가 있을 것이다.

사파는 산간 지방이라 베트남임에도 불구하고 한겨울에는 종종 영하의 기온으로 내려가곤 한다. 때문에 겨울에 관광 오거나 특이 체험을 하고 싶어 하는 타지인들을 대상으로 사우나 시설이나 작은 온탕을 구비하고 있는 가게가 제법 있었다. 우리는 숙소에서 얼마 떨어지지 않은 골목에서 작은 스파를 하나 찾았고, 이제 막 기지개를 켜고 영업을 준비하려는 가게 주인에게 한두 시간 정도만 사우나를 이용할 수 있겠냐고 물었다. 주인은 아직 그렇게까지 추운 날씨는 아니라며 의아해했지만, 비수기라 놀고 있는 기계를 웃돈을 주고 사용하겠다는 고객을 마다할 이유는 없었다. 주인은 간이 사우나 기계가 잘 작동하는지를 슬쩍 지켜본 후, 우리가 자유롭게 사용할 수 있도록 자리를 비켜주었다. 아시다시피 지금은 사용하는 사람이 별로 없어서 가운 같은 건 따로 드릴 수가 없습니다. 대신 수건은 준비해둘게요. 송희진과 나는 번갈아가며 고개를 끄덕였다.

송희진에게 겉옷을 맡기고 나는 시끄러운 소리를 내며 돌아가는 사우나 안쪽에 자리를 잡고 앉았다. 온도 조절기는 밖에 있었기에 온도 조절은 송희진에게 맡겼다. 옷을 벗을 필요도 없었다. 송희진의 주장대로라면 온도가 아무리 올라가도 나는 땀을 흘리지 못할 테니 옷이 젖거나 하는 일은 없을 테니까. 나무판자로 마감되어 있는 사우나실 안쪽은 어두웠고 눅눅한 나무 냄새가 났다. 앉은 자리의 바닥이 따뜻해지는 느낌이 들었다. 손바닥을 펼쳐 나무판자에 가만히 대어보니 불이 들어오고 있는 모양이었다. 이런 목재 구조의 건식 사우나실은 아마 핀란드 같은 곳에서 들여온 것이겠지. 한국에서는 본 적이 없는 구조다. 어느 순간부터 추위를 많이 타게 된 것 같은 느낌인데 이런 간이 시설이 집에 있으면 좋겠다는 생각을 했다. 세워둘 만한 마땅한 공간도 없지만 그래도 이런 게 하나 있으면 겨울을 나기도 좀 더 수월해질 것 같았다. 베트남 같은 열대기후 국가들이 몸에 맞는 것도 결국 체질 때문이었을까. 원래 나는 사계절 중 겨울을 가장 좋아하고 손꼽아 기다리곤 했다. 그런데 언젠가부터 나에게 겨울은 견디기 힘든 계절이 되어버렸다. 그게 언제부터였을까. 가만히 생각해봐도 기억이 나지 않는다. 이렇게 따듯한 곳에 있으면 안정적인 마음이 들게 된 건 또 언제부터였을까. 그러고 보니 입사 2년 차부터 사무실의 여직원들한테 내가 더위도 안 타고 여름이면 화장이 땀으로 무너질 걱정도 없다며 부럽다는 말을 듣곤 했다. 땀. 땀을 잘 흘리지 않게 된 건 또 언제부터였지?

사우나실 온도가 조금 더 올라간 것 같다는 느낌이 들었다. 입고 있던 반팔과 반바지는 오랜 시간 햇볕을 쬔 것처럼 바싹 말라 있었다. 이 안에 들어와 있으니 정신이 바짝 드는 것 같았다. 적당한 온기 때문일까, 나무 안쪽에서 쑥이나 편백 같은 약재 냄새가 은은하게 퍼져 나오고 있었다. 판자 끄트머리에 코를 대고 나무 냄새를 맡고 있었는데, 밖에서 문을 똑똑 두드리는 소리가 들렸다.

ー대리님, 괜찮으세요? 아무 일 없는 것 맞죠?

　송희진의 목소리였다.

　"네, 아무 문제 없어요."

　ー대리님, 정말 아무 문제 없는 것 맞아요?

　송희진이 재차 내게 물었다. 송희진의 목소리는 조금 떨리고 있었고, 불안해진 나는 바깥에 무슨 문제라도 생긴 것인지 확인하기 위해 대답 대신 사우나실의 문을 열었다. 문을 활짝 열고 나서야 사우나실 안쪽의 온도와 송희진이 서 있는 바깥의 온도가 꽤 많은 차이가 난다는 것을 실감했다. 내가 앉아 있던 사우나실에서 뿜어져 나온 온기와 순식간에 생긴 자욱한 수증기를 송희진은 놀란 얼굴로 보고 있었다.

　"최 대리님, 몸 어때요. 어디 이상한 데 없어요?"

　나는 입고 있던 옷을 슬쩍 쓸어 올리며 답했다.

　"몸은 괜찮은데요. 그냥 옷만 좀 바싹 마르는 정도? 하긴 이 안에 있으면 막 널은 빨래라도 금세 말라버릴 것 같던데, 조금 전에 온도 더 올리신 것 맞죠?"

　송희진은 믿을 수 없다는 눈빛으로 나를 바라봤다. 또 뭔데요, 무슨 문제인데요. 불안함을 느끼며 송희진이 손가락으로 가리키고 있던 사우나실의 온도를 확인했다. 사우나실의 왼쪽 벽면에 붙어 있는 온도 계기판은 섭씨 115도에 맞춰져 있었다. 송희진은 온도를 다시 확인하고 급하게 사우나 기계의 전원 버튼을 눌러 기계를 멈췄다.

"최 대리님 아까 들어가셨을 때부터 지금까지 계속 제가 온도를 올리고 있었는데, 마지막으로 괜찮은지 물었을 때가 110도였단 말이에요, 그사이에 5도가 더 올라간 거고. 그런데 아무 이상이 없는 것처럼 그렇게 평온한 모습으로 최 대리님이 문을 여는 걸 보고 저는 정말."

송희진은 순간 다리를 휘청이며 주저앉았다. 한국에서 찜질방에 가끔 방문할 때, 최고 온도가 몇 도였는지를 생각했다. 어지러운 듯 머리를 감싸고 앉아 있는 송희진에게 괜찮으냐고 손을 내밀자, 송희진은 내 한 손가락 끄트머리를 간신히 잡은 채 나를 바라봤다.

"손, 지금 엄청 뜨거워요. 대리님은 못 느끼시겠어요? 대리님 손끝이 거의 델 것 같은 수준으로 뜨거워요."

그럴 리가 없다고 생각하며 나는 급히 두 손바닥을 맞대어보았다. 뜨겁거나 숨이 차다는 생각은 저 사우나실 안에서도 해본 적이 없다. 나는 송희진이 말하는 것처럼 열감을 전혀 느낄 수 없었는데, 송희진은 여전히 나의 검지 손가락 끝을 잡고 넋이 나간 표정을 짓고 있었다.

사우나실의 기계가 잠시 후 큰 진동 소리를 내며 완전히 꺼졌다. 송희진은 여전히 앉은 자리에서 일어나지 못했다. 나에게 아직 열감이 남아 있는지 어쩐지는 모르지만, 이대로 있다간 가게 주인이 돌아와 우리를 이상하게 생각할 것이 뻔했다. 나는 손을 한번 툭 털고 송희진을 잡았다. 그제야 송희진은 흠칫 놀라 당황한 표정으로 내 팔을 지탱하며 일어섰다.

"대리님 몸이 다 식었네요. 방금까지는 만질 수 없을 정도로 뜨거웠는데, 지금은 아무렇지도 않아졌네요."

송희진은 내 팔과 옷을 차례로 더듬으며 믿을 수 없다는 표정을 지었다. 그녀의 당황한 표정을 여러 번 겪고 나니, 이제야 나의 몸이 정말 이상해졌다는 것을 실감할 수 있었다. 바짝 말라 정전기가 일어난 머리카락을 정리하다가 무의식적으로 목 뒤로 손을 댔다. 땀은 한 방울도 흐르지 않았다. 손가락을 이용해 머리 안쪽 이곳저곳을 눌러봐도 물기 같은 건 느껴지지 않았다. 손가락 끝을 직접 눈으로 확인해보아도 마찬가지였다. 머리를 끈으로 묶고 송희진 쪽으로 돌아서며 입을 뗐다. 송 주임님, 저 정말 땀이 안 나요.

구슬땀을 흘리며 서 있는 송희진이 목에 걸고 있던 휴대용 선풍기의 스위치를 올렸다. 그녀는 나의 손과 팔 그리고 얼굴을 향해 차례로 선풍기를 움직였다. 미세한 바람이 나의 몸을 훑고 이동했다. 휴대용 선풍기가 만들어내는 바람을 맞고 있으니 몽롱한 기분이 들었는데 잠시 후 송희진이 자리에 앉으려는 나를 부축했다. 축축한 송희진의 손바닥 안쪽에서 순간 차가운 기운이 느껴졌다.

사파에서 하노이로 이동하여 한국으로 돌아갈 준비를 할 즈음 송희진의 서류는 잔뜩 늘어나 있었고 내 스케줄의 타임라인은 대부분 정리되어 있었다. 하노이에서 보내는 마지막 날은 자유 일정이었고 그날 오후 공항으로 이동할 때까지 송희진과 나는 서로 그 문제에 대해 이야기하지 않았다. 티켓 발권을 마치고 출국 수속을 밟은 후 면세점 앞에서 직원들에게 나눠줄 초콜릿을 고르고 있을 때, 송희진이 먼저 말을 꺼냈다.

"대리님, 앞으로 어떻게 하실 거예요?"

나는 네모나게 포장된 다크초콜릿 봉투를 집어 들며 그녀에게 답했다.

"아직 잘 모르겠어요, 어떻게 해야 할지. 무엇보다 이런 경우는 처음이라."

희진 씨는 이런 일 겪은 적 없죠, 라고 말하려고 하다가 입을 닫았다. 당연히, 그녀에게 이런 경우는 없었을 것이다. 송희진과 나는 그날 사우나실에서 겪었던 일을 당분간 비밀에 부치기로 했다. 무엇보다 내 자신의 일이니 어디에도 함부로 이야기하지 않겠다는 송희진의 답이 필요했다. 한국에 돌아가면 어떻게 해야 할지 막막한 건 사실이었다. 우리의 추측대로 만일 내가 영영 변온성을 가진 인간으로 변해버렸다면, 그러니까 열대 기온에서만 살아갈 수 있는 사람이 되어버린 것이 확실하다면, 앞으로 어떤 방식으로 살아야 할지 당장은 막막하게만 느껴졌다. 어딘가 연구 기관에라도 알려야 할지 혹은 국립과학원이나 질병관리본부 같은 곳에 의논해야 할지 판단이 서지 않았다. 만약 내가 알 수 없는 전염병에 걸려 이렇게 변해버린 것이라면, 그렇다면 국가기관에 빨리 알려야 하지 않을까 하는 생각을 송희진과 공유하긴 했다. 그때마다 송희진은 고개를 저었다. 송희진은 절대 그런 곳에 알려서는 안 된다고 말했다.

"넷플릭스 다큐멘터리 채널에서 이런 경우를 본 적이 있어요."

그녀는 눈을 가늘게 뜨며 나를 바라봤다.

"꼭 대리님 같은 경우는 아니지만, 특이한 사건을 겪고 있는 사람들을 실험체로 쓸 수 있다고요."

그러고 보니 어디선가 비슷한 사례를 들은 적이 있는 것 같다. 특수 질환을 앓고 있는 사람들이나 기이한 초능력을 가지고 있는 사람들을 감금해놓고 면역체나 세포를 연구한다는 명목으로 실험을 거듭하다가 사망에 이르게 했던 사건 같은 것을 말이다. 서구권 국가에서 일어난 아주 오래된 기사였고 그 기사를 읽을 당시에는 굉장한 이슈를 일으켰는데 그때 보았던 끔찍한 사진이 아직도 기억에 남아 순간적으로 몸서리가 쳐졌다.

"병원에 가는 것도 좋은 방법은 아니겠죠?"

송희진은 고개를 천천히 가로저었다.

"그것도 안 돼요. 일단은 좀 두고 봐야 할 것 같아요. 딱히 아프거나 어디가 불편하거나 하는 증상은 없죠?"

송희진의 말을 듣고 양손을 쥐었다 폈다 반복해보았다. 어딘가 불편했다면 진작에 알아차렸을 것이다.

"네, 그런 건 전혀 없어요."

송희진은 한숨을 크게 몰아쉬며 덧붙였다.

"대리님 혹시라도 무슨 일 있거나 어디가 갑자기 아프거나 이상하다는 생각이 들면 꼭 말해주세요."

"어차피 지금 믿을 건 송 주임님밖에 없는걸요. 혹시라도 송 주임이 막 어딘가에 저를 제보하거나 신고하거나 한다면 또 모를까.”

나의 말이 끝나자마자 순식간에 얼어붙어 당황한 기색이 역력한 송희진의 얼굴을 바라보며 옅은 웃음을 뱉었다.

“농담입니다, 농담. 이런 일을 겪고도 걱정해줘서 고맙다는 뜻이에요, 주임님.”

장난스럽게 웃는 나를 보며 송희진은 금방이라도 울 것 같은 표정을 지었다.

“대리님 잠깐이라도 그런 농담은 하지 마세요, 진짜. 제가 그때 사파, 거기 사우나실 밖에 있으면서 무슨 생각을 했는지 대리님은 모를 거예요. 나는 그때 대리님이 죽는 줄 알았다고요.”

고개를 푹 숙이는 송희진의 어깨를 토닥였다. 죽을 것 같았으면 진작에 거기서 뛰쳐나왔겠지요. 송희진은 나의 대답에 눈을 살짝 흘기다가, 무언가 생각난 듯 토끼 눈을 뜨고 갑자기 주머니를 뒤졌다. 주머니 안에서 꺼내 든 핸드폰을, 송희진은 내게 내밀었다.

“대리님 핸드폰 번호 알려주세요.”

엉겁결에 나는 송희진의 핸드폰을 받아들었다.

“맨날 일 있으면 사내 메신저로만 이야기했잖아요. 그래서 저 주임님 번호 몰라요, 주임님도 제 번호 모를 거고요."

사무실 책상에 개인 연락망이 있긴 했지만, 같은 팀의 매니저들만 몇 명 저장해두었을 뿐 송희진의 번호를 저장한 적은 없던 것 같다. 그 자리에서 나도 핸드폰을 꺼내 송희진의 이름을 검색해보니 아무것도 나오지 않았다. 머쓱해진 표정으로 송희진의 핸드폰을 열어 또박또박 내 번호를 눌렀다.

"지금은 전화 안 걸리니까 주임님 핸드폰 번호도 알려주세요."

내가 내민 핸드폰을 그대로 받아든 송희진도 010으로 시작하는 번호를 누른 후 다시 건네주었다. 010으로 시작하는 열한 자리의 번호를 핸드폰 연락처 목록에 옮기며 '송희진 주임'이라는 타이틀로 저장했다.

"전화번호 등록되면 자동으로 메신저 목록에 뜰 테니까 편하신 쪽으로 연락주세요. 무슨 일 있으면, 메신저보다는 전화가 더 빠를 거고요."

보딩이 시작되었다는 안내 방송이 희미하게 들렸다. 송희진은 들고 있던 물통을 단숨에 비우고 게이트를 향해 먼저 걸어갔다. 앞장선 송희진의 어깨 앞으로 지난 열흘 동안 매일같이 보았던 학생들과 조교의 얼굴이 보였다. 나는 잠시 걸음을 멈추고 다시 핸드폰을 들어 메신저 주소록을 열었다. 조금 전에 저장한 송희진의 전화번호가 맨 위로 올라와 있었다. 수정 버튼을 눌러 '송희진 주임'에서 '송'과 '주임'을 떼어낸 후 다시 저장했다. '희진'이라는 두 글자가 주소록 첫 번째 줄에서 반짝였다 사라졌다.

베트남에서 한국으로 돌아온 다음 날 출근하자마자 면세점에서 사 온 초콜릿 네 봉지를 탕비실 테이블에 펼쳐 놓았다. 바스락거리는 봉지 소리를 듣고 팀원들이 몰려왔고 그사이에 뒷짐을 진 곽 부장은 자신의 몫만 남겨달라는 나지막한 말을 보태며 자리로 돌아갔다. 분홍색과 형광색, 무지개색 끈으로 포장된 디저트로 바삐 움직이는 손들 사이, 다양한 질문들이 나에게 쏟아졌다. 대부분 잘 다녀왔냐, 덥거나 복잡하진 않았냐 등 안부 정도의 사소한 것들이었지만 그 질문의 끝에는 전부 '그래서 송희진 주임이랑은 지낼 만했냐'는 한마디가 걸려 있었다. 마침 희진은 출장에서 지급되고 남은 비용 처리를 위해 잠시 자리를 비운 상태였기 때문에 사무실은 팀원들의 조잘거리는 질문들로 가득 찼다.

"별일 없었어요."

가볍게 어깨를 으쓱하고 자리로 돌아오자마자 부스럭 소리와 함께 사무실 내에 떠돌던 팀원들의 목소리는 메신저 채팅창에 텍스트가 되어 팔딱이기 시작했다. 저마다 먼저 확인해달라는 듯 간절히 반짝거리는 알림창을 다 열어 그런 일 없었어요, 싸우지도 않았고요, 정말이에요, 라고 형식적인 답장을 보내려는데, 바로 옆에 앉은 정 팀장이 조심스럽게 의자를 끌고 다가와 옆에 앉아 속삭였다.

"최 대리, 정말 아무 일도 없었을 리가 없는데, 나한테만 살짝 이야기해봐요."

나는 탕비실에서 했던 것처럼 또 한 번 어깨를 으쓱거리며 천천히 고개를 가로저었다.

"정 팀장님, 무슨 이야기 하시는지 잘 알겠는데 정말 막 머리채 잡고 싸우거나 심하게 다투거나 그런 일들 전혀 없었어요. 송 주임님이 저를 귀찮게 하지도 않았고, 베트남 날씨도 좋았고, 일 처리 원만하게 잘되었고, 문제없이 잘 다녀왔습니다."

'문제없이'라는 단어에 힘을 주어 더 이상 귀찮게 하지 말아달라는 요약 정리 톤의 말을 정 팀장에게 던졌다. 정 팀장은 말을 끝까지 듣고도 못 믿겠다는 표정을 지으며 내 쪽으로 조금 더 바짝 붙어, 재차 물었다.

"송 주임 성격 유별난 거 사무실 식구들 다 아는데, 뭐. 그러지 말고 나한테만 말해봐요. 송 주임 막 아프고 그래서 자기가 힘들었을 수도 있고. 내가 송 주임도 걱정되고 최 대리도 아끼는 사람이라 그래. 내가 자기 직속 사수잖아."

입사하고 팀장의 입에서 한 번도 튀어나온 적 없던 '직속 사수'라는 말이 낯설어 나는 나도 모르게 정 팀장을 빤히 바라봤다. 마치 무슨 일이 있었기를 바라는 듯한 그녀의 물음에, 하노이와 사파 그리고 사파의 작은 사우나실에서 있었던 일들이 잠깐 동안 떠올랐다. 사무실 내에서 만일 그 일이 탄로 나거나 누군가가 눈치채기라도 한다면 분명 지금 희진을 향한 말들보다 열 배, 스무 배는 넘을 무수한 이야기들이 나에게 끊이지 않고 얹어질 것이다. 나는 입을 다시 꾹 닫고, 예의 미소를 지으며 정 팀장을 바라보았다.

"정말로 아무 일도 없었어요. 그리고 희진 씨, 좋은 분이 던데요."

믿을 수 없다는 표정을 짓는 정 팀장을 향해 다시 한번 싱긋 미소를 건네며 모니터 쪽으로 의자를 돌려 바로 앉았다. 보나 마나 샐쭉한 표정을 지으며 며칠간은 내게 히스테리 부릴 것이 뻔하지만 정 팀장이나 반짝이는 눈으로 나의 입에서 '사실은 베트남에서……'라는 말이 나오기를 기다리는 사무실 사람들을 신경 쓸 겨를이 없었다. 아직 휴가철은 끝나지 않았고 당장 여러 개의 스케줄이 월별로 촘촘하게 잡혀 있었으며, 무엇보다 뉴스에서 매일같이 기록을 갱신하는 이 폭염이 끝나고 나면 본격적인 문제가 시작될 것이기 때문이다. 희진의 말과 나의 추측대로 내가 영영 변온동물로 변해버린 것이라면, 가장 큰 고비는 여름이 끝나고 서늘한 가을을 지나 혹한의 추위가 다가오면서부터 시작될 것이 분명하다. 대충 계산해보면 반년도 더 이후의 일이니 안심할 수도 있을 법하지만, 만일 지금 지내는 이 여름이 나에게 무언가를 변화시킬 수 있는 마지막 기회라면, 남은 시간을 결코 허투루 보내서는 안 된다.

엑셀과 캘린더 앱을 열고 출장 기간 동안 밀려 있던 업무를 처리하고 여름 내내 수행해야 할 스케줄을 처리하면서도 모니터 구석에 작게 띄워둔 검색창에 온 마음을 빼앗길 수밖에 없었다. 베트남에서 머무는 동안에는 하루에 쓸 수 있는 인터넷 양이 한정되어 있었기에 마음대로 검색할 수 없었고, 대학생 단체를 챙기느라 마음의 여유가 없었다.

구글이나 네이버, 다음 등 다양한 포털 사이트에서 '변온동물'을 끊임없이 검색했다. '동물'이라는 단어를 치며 약간 망설였다가 혹시 '변온인간'이라는 단어가 있을까 싶어 검색해보았지만, 검색 결과에는 아무것도 나오지 않았다. 나와 비슷한 상황을 겪고 있는 사람들이 존재한다면 자신에게 찾아오는 몸의 변화나 생활의 변화 등을 어딘가에 기록해둔 사람이 있을 법도 한데, 영문이나 프랑스어, 힌디어나 중국어 등의 다양한 언어로 번역하여 그 단어를 검색해보아도 내가 원하는 결과는 하나도 잡히지 않았다. '변온인간'이라는 단어를 한국어로 쳐서 구글 검색창에 띄우면 전부 '사람도 변온동물이다─대양한의원의 인체의 신비'나 '사람이 살기 좋은 계절과 온도, 하나님의 은혜─돋움교회 조영환 선교사의 복음 말씀' 등과 같은 내게 쓸모없는 낚시성 글들만 포진되어 있을 뿐이었다. 나는 '인간'과 '변온'이 같은 문장 내에서 성립할 수 없다는 것을 확실히 깨닫고 '변온동물'이라는 제목의 폴더를 따로 만들어 착실하게 자료를 쌓아나가기 시작했다.

어린이를 위한 지식백과부터 사용료를 지불해야만 열람할 수 있는 양질의 문헌이나 석박사 논문까지 최대한 많은 정보를 폴더 내에 텍스트 파일로 변환시켜 막무가내로 쌓아갔다. 속설이나 가설 등의 검증되지 않은 이야기도 많았지만, 나와 비슷한 사람을 찾을 수 없는 마당에 절대적인 자료의 양이라도 많아야 한다고 생각했기 때문이다. 업무 시간 중에 일이 잘 풀리지 않거나 졸리거나 할 때엔 이미지 검색을 통해 다양한 이미지들을 캡처본으로 저장해가며 시간을 보냈다. 이따금씩 희진은 회사 메신저로 최근에 발표된 흥미로운 사례들을 링크로 보내주기도 했다. 과학 전문 매거진에서 변온동물의 특성—이를테면 동면 시기라든가 온도 차이가 급격한 날에는 어떻게 대처하고 무엇으로 영양분을 흡수하는가에 대한 새로운 가설이 발표된 날이면 종일 업무는 제쳐두고 그 기사를 해석하고 분석하는 일에 대부분의 시간을 쏟았다. 때문에 곽 부장이나 정 팀장에게 업무 시간에는 업무에만 집중하라며 가벼운 구박과 질책을 받는 날도 있었지만 그럴 때마다 열대지방과 우림 지대에 관심 있는 학자들을 타깃으로 한 새로운 여행 아이템을 구상하는 중이라며 적당히 둘러대곤 했다. 연예 가십 기사를 검색하는 것도 아니고, 트위터나 페이스북 등의 SNS 채널을 들락거리지도 않는다는 것이 누가 봐도 명백했기에 상사인 두 사람은 살짝 눈을 흘기기만 할 뿐 별다른 말을 보태지는 않았다.

출장이 없던 몇 주 동안의 주말에는, 서울중앙도서관이나 국회도서관에 틀어박혀 인터넷으로 찾은 문서들보다 좀 더 오래된 자료들과 이미지들을 복사해 오곤 했다. 책장의 한 줄을 통째로 비워 그 자리에 마트에서 사 온 형형색색의 문서 보관함을 꽂아놓고 관련 자료들을 연도별로 채워 넣었다. 대출이 가능한 자료들은 가능한 한 집으로 가져와 필요한 부분을 메모하고 반납하는 행동을 반복했는데, 대부분의 생물 서적들이나 과학 교양 도서들에서도 딱 꼬집어 동물의 '변온성'에 대해서만 기술한 책이 많지 않기 때문이었다.

자료들을 정리하여 메모하고 수집하면서 초등학교 시절 과학 시간에 배웠던 다양한 실험이나 이론들도 떠올렸다. 20년도 더 지난 일이지만 이후 중고등학교에 진학하면서 동물이나 식물, 자연에 대해 이야기하거나 탐구하는 등의 일은 교과과정에서 대부분 사라졌기에 초등학교 때의 기억은 아직까지 생생히 남아 있었다. 책장을 정리하며 찾은 먼지 쌓인 그림일기들 속에서는, 과학탐구나 체험학습 시간이 있는 날이면 더할 나위 없이 즐거워했던 나의 어린 시절이 고스란히 담겨 있었다. 당시에는 변온동물이 아니라 냉혈동물이라는 단어로 불렸던 거북이나 금붕어 등을 각 반에서 하나씩은 키우고 있었고, 때때로 부모님의 지원과 조력이 상당한 반장을 둔 반은 이구아나와 같은 희귀

동물을 '반 대표 동물'로 사육하기도 했다. 매년 봄 새 학기가 시작되면 각 반에서 밥과 물 당번을 정해 돌보다가 연말 겨울방학쯤이면 동물을 키워보고 싶은 사람이나 최초의 주인이 집으로 데려가는 형식으로 운영되었던 '반 대표 동물'에 대한 일지를 기록하는 일은 언제나 내가 도맡아 했다. 별다른 이유는 없었다. 당시 집에서 무언가를 키우는 일이 허락되지 않아 느낀 서운함에 따른 자발적인 행동이었다.

밥을 주고 물을 갈아주는 반복된 일상 속에서도 이따금씩 끔찍한 일은 일어나곤 했다. 내가 동물을 영영 키울 수 없을 것 같다는 생각을 굳힌 것도 그즈음이었는데, 가장 큰 이유는 한겨울의 추위가 가시고 난 직후 교내 화단 구석의 흙을 뚫고 나와 기지개를 켜던 개구리들을 소위 '개구쟁이'라 불리던 남자아이들이 발로 짓밟아 죽여버리는 행위 때문이었다. 독 개구리니 해로운 동물이니 나름의 구실을 대가며 개구리들을 학살하곤 했던 남자아이들은, 빠르게 뛰어 달아나는 개구리들을 잡아 팔이나 다리 한쪽을 못 쓰게 만든 후 무게를 힘껏 실어 개구리 바로 위로 점프했다. 남자아이들은 주로 여자아이들이 놀고 있는 자리 가까이에서 그 행동을 반복하곤 했다. 개구리들이 잿빛과 붉은빛의 액체를 흘리며 널브러져 있는 광경을 바라보며 여자아이들은 눈살을 찌푸렸고 남자아이들은 그런 여자아이들의 표정을 보며 어깨를 으쓱한 채 의기양양해했다. 그해 봄 개구리 대학살을 처음부터 끝까지 지켜보았던 나는 불쾌한 마음을 가지고 집으로 돌아와 일기장에 개구리들이 너무 불쌍하다는, 그 남자애들이 다 똑같이 당했으면 좋겠다는 이야기를 그림과 함께 적었다. X자 모양으로 빨간 물방울 피를 흘리며 죽어 있는 개구리들의 그림 옆에는 슬픈 표정의 '내'가 그 장면을 들여다보고 있었다. 그이후 교실 한편에 놓여 있는 '반 대표 동물' 일지를 기록하는 일은 다른 아이에게 배정되었다.

X자 모양의 죽은 개구리 그림을 마지막으로 더 이상 아무런 기록도 없는 초등학교 3학년 때의 그림일기를 덮으며 나는 희진을, 정확히는 희진이 베트남에서 했던 말 중에 '실험체'라는 단어를 떠올렸다. 남은 책들을 꺼내어 끈으로 묶어둔 채 필요 없는 자료들과 언젠가는 쓸모가 있을 자료들을 모아 분류하는 작업을 잠시 멈추고 희진에게 문자를 보냈다. 주말에 연락하는 게 아무래도 좀 별로일까 싶어 몇 번을 주저하기도 했지만, 도울 일이 생기면 언제든지 연락해달라는 희진의 당부를 떠올리며 메신저 목록

중 유일하게 '즐겨찾기'로 설정되어 있는 희진의 프로필을 꾹 눌렀다.

　─희진 씨, 주말 잘 보내고 있어요? 물어볼 게 있어서요.

메신저 창의 '읽지 않음' 표시가 금세 사라졌다.

　─안녕하세요! 아니요, 그냥 밀린 집안일 하고 있어요.

　─이전에 봤다고 했던 넷플릭스 어떤 거였는지 말씀해 줄 수 있나요? 베트남에서 추천하셨던 거요.

　희진은 잠시 뜸을 들였다가 곧 캡처한 포스터 이미지를 메시지로 보내왔다. 〈사이언스 페이스 : 과학의 두 얼굴〉이라는 제목이 붙은, 얼굴에 붕대를 잔뜩 감고 있는 어떤 여성의 이미지였고 '넷플릭스 오리지널'의 딱지를 달고 있었다. 넷플릭스 앱을 열어 제목을 검색하려는데 희진이 곧 메시지를 이어서 보내왔다.

　─다큐멘터리인데 한 편당 길이가 길지 않아서 금방 보실 수 있을 거예요.

　　저는 재밌게 봤는데 대리님은 어떠실지 잘 모르겠지만⋯⋯.

　　다 보고 나니까 좀 오싹한 부분도 있더라고요.

　연달아 전송되는 희진의 메시지를 가만히 들여다보다가 천천히 답장했다.

─고마워요. 또 대리님이라고 하신다, 희진 씨. 이름 편하게 부르세요.

희진은 머리를 긁적거리는 고양이 이모티콘을 두 번 연달아 보내왔다.

─죄송해요, 익숙한 대로 치다 보니 그만.

그건 그렇고, 지금 그거 보시려고요, 넷플릭스?

─네. 정리도 대충 끝났고, 이전에 희진 씨가 이야기했던 것도 궁금하고 해서요.

뭐 정확한 접점은 없겠지만 그래도 혹시 모르니 대비는 해둬야죠, 비상 탈출 매뉴얼 뭐, 그런 거 읽어두는 것처럼.

'읽지 않음' 표시가 빠르게 사라졌지만 희진의 답은 바로 도착하지 않았다. 나는 핸드폰을 책상 위에 내려두고 컴퓨터 전원을 켜서 부팅이 다 되기를 기다리며 바쁘게 돌아가는 모니터를 바라보았다. 이전에는 과학자니 생물학자니 하는 꿈을 잠시 가졌던 것 같기도 하다. 분명 장래 희망에 '노벨과학상' 같은 것을 적어둔 적도 있었는데 언제부터 그런 꿈이 내게서 사라졌는지 곰곰이 생각했다. 계기가 있다면 아무래도 개구리 사건 때문이었을 것이다. 초등학교 과학 시간에 종종 있었던 소동물들의 해부 실습도 그때 이후로 줄곧 참여하지 못한 채 졸업했으니 말이다.

반 아이들은 나를 유별나다, 저만 깨끗한 척한다고 놀리곤 했지만 운동장 구석에 쌓여 있던 개구리들의 사체가 자꾸 떠올라 도저히 수업에 들어갈 수 없었다.

넷플릭스 앱을 열어 '사이언스 페이스'를 검색하고 있는데 엎어놓은 핸드폰이 요란하게 세 번 울렸다. 발신자를 확인하니 희진이었다. 부재중 전화에 찍혀 있는 '희진'의 이름을 선택해 막 전화를 걸려고 하던 찰나, 희진으로부터 새로운 메시지가 도착했다.

—대리님, 별일 없으시면 같이 봐드릴까요, 그거?

사이언스 페이스요. 그래도 누군가 함께 있는 게 나을 것 같아서요.

아, 대리님 아니고 인경 씨. 죄송죄송.

또다시 긁적이는 이모티콘을 연달아 두 번이나 보내는 희진의 메시지를 보며 사무실에서 철벽이다, 깐깐하다 묘사되던 희진의 수다스러운 본모습을 목도하던 때가 생각나 피식하고 웃음이 터져 나왔다.

—이게 그렇게까지 자극적이고 무서운 내용이에요? 섬네일은 별로 그렇지 않은데.

도리질을 치는 움직이는 고양이 이모티콘이 먼저 희진의 답을 대신했다.

—아뇨, 그것보다 실제 이야기니까 같이 보면 좋을 것 같아서요. 공포영화 같이 보면 좀 덜 무서운 것처럼요.

희진의 사촌 동생이 예전에 뱀을 키운 적이 있다고 했던 것 같아 안 그래도 그 이야기를 좀 물어볼 참이었다. 초등학교 이후 과학 현상이나 동물들과는 완전히 멀어진 나와 달리, 희진은 경험도 지식도 더 많은 것 같았다. 주말에 따로 보자고 하기엔 민폐일 것이 분명하고 그렇다고 주중에 사무실에 앉아 희진과 머리를 맞댄 채 파충류니 양서류니 하는 이야기들을 나눌 수는 없었다. 마침 좋은 기회가 왔다 싶어 드라마 정보가 쓰인 페이지 스크롤을 내리다 말고 희진에게 답했다.

—네, 좋아요. 제가 희진 씨 댁이나 편한 곳으로 가는 게 나을 것 같아요. 희진 씨에겐 우리 집은 덥고 습할 테고, 아무튼 편히 있을 수 없을 것 같아서요.

무의식적으로 벽에 붙어 있는 온도계를 바라보았다. 온도계의 숫자는 27도를 조금 웃돌고 있었다.

—아, 그렇죠, 참. 그럼 저희 집으로 오시겠어요? 아시다시피 인경 씨가 오래 있긴 조금 추울 수도 있지만 냉방 조금 낮추고, 몸을 보호할 만한 겉옷도 드릴게요.

내가 도착할 때까지 집의 온도를 조금 높여둔다는 희진

의 말을 잠시 동안 바라보다가 아차 싶어 재빨리 희진에게
지금 바로 준비해서 출발하겠다는 답을 보냈다. 선물 받고
단 한 번도 사용하지 않던 웰시코기 이모티콘을 처음으로
클릭해 집이 어디쯤인지 주소를 알려달라는 메시지에 붙
여 발송했다. 메시지 창 속의 웰시코기는 헥헥거리며 혀를
내밀고 있었고, 희진은 메시지를 보자마자 곧바로 호들갑
스럽게 웃었다.

　—아유 참, 이런 이모티콘이 있었어요? 이게 뭐예요, 진
짜 웃기다. 하나도 안 어울리잖아요, 인경 씨랑.

　희진은 몸을 뒤집고 웃는 고양이 이모티콘을 두 번 연속
으로 보내왔다. 박장대소하는 고양이의 하얗고 둥근 꼬리
를 바라보며, 나도 희진과 희진의 고양이를 따라 웃었다.

여름

문밖으로 미세하게 흘러나오는 냉기에 금세 희진의 집임을 알 수 있었다. 희진이 문을 열자마자 차가운 바람이 훅 하고 불어, 마치 마트의 냉장 코너 앞을 지나가듯 나는 몸을 반사적으로 움츠렸다.

　"죄송해요, 온도 올린다고 올렸는데. 지금 막 창문도 열었으니, 창가 쪽에 앉아 계시면 조금 나을 거예요. 여기, 이거 입으세요. 지난겨울에 드라이하고 오늘 처음 옷장에서 꺼냈어요."

　희진은 남색 니트 재질의 스웨터 카디건을 건네며 어색하게 웃었다. 집에 손님이 오는 건 오랜만이라서요. 쑥스

러운 듯 머리를 긁적이던 희진은 곧 거실 창가 쪽 작은 소
파로 나를 안내했다. 희진이 건넨 카디건을 가볍게 걸치고
나는 안내에 따라 자리를 잡았다.

"밖에선 사람들이 덥다고 난리 치는데, 겨울 카디건을
입고 있자니 뭔가 이상하네요."

"그래도 체온 유지가 중요하잖아요. 죄송해요, 집이 좀
춥죠. 워낙 이러고 여름을 보내놔서."

희진은 에어컨 리모컨을 들어 온도를 높였다.

"당산에서 문래까지 얼마 안 걸리네요, 인경 씨 말대로.
이렇게 금방 오실 줄 몰랐어요. 뭐 마실 것 좀 드릴까요?"

차가운 게 좋으려나 따듯한 게 좋으려나, 혼잣말하며 분
주하게 부엌에서 움직이는 그녀를 바라보며 나는 아무거
나 좋다고 답했다.

"그런데 이렇게 여름 내내 에어컨이랑 선풍기 돌리고 그
러면 냉방비 많이 나오지 않아요? 뉴스에서도 얼마 전에
여름이 오면 누진세를 더 강화한다 어쩐다 말이 많던데."

"아아, 전기세요. 사실 일부러 알아보고 여기로 이사 온
거예요. 요즘 오래된 집들은 난방이나 전기가 쓰는 대로
나오는데, 여긴 안 그렇더라고요. 하루 종일 에어컨 틀어
놔도 한 달 요금이 그렇게 많이 나오진 않아요."

희진은 전기 포트의 스위치를 올리고 에어컨이 설치된 벽 쪽을 턱으로 가리키며 말을 이었다.

"저 에어컨도 사실 밖에서 새어 들어오는 바람 방향 따라 조절해서 설치했어요. 그 밑에 서큘레이터도 두 대고. 그리고 여름에 에어컨 쓰는 만큼 겨울에 보일러를 돌리진 않으니, 결국 그게 그거더라고요."

희진은 냉동고를 열어 얼음이 들어 있는 슬러시 통을 꺼낸 후 내가 앉은 소파 옆에 털썩 주저앉았다.

"그래도 한여름엔 진짜 못 견딜 때가 있어요. 어딜 가도 찜통일 때는 주로 집 앞 카페나 근처 도서관으로 피신하는데, 거기까지 걸어가는 게 고역일 때도 있고."

가전제품과 가구들이 적절히 배치된 희진의 집에서 가장 눈에 띄는 것은 역시 선풍기였다. 에어컨이 내뿜는 냉기 바람의 동선을 따라 제법 수학적으로 배치해놓은 듯 보이는 크고 작은 선풍기들이, 저마다 다른 방향으로 열심히 바람을 나르고 있었다. 사무실 희진의 책상 위에서 보았던 신기한 냉방 제품들도 더러 눈에 띄었다. 전부 다 다른 곳에서 주문한 것 같은 형형색색의 선풍기들을 보며 배스킨라빈스 냉동고 속의 아이스크림을 떠올렸다.

"지금 온도는 괜찮으세요? 너무 추운 건 아니죠?"

희진은 소파 뒤에 개어져 있던 작은 담요를 꺼내며 말했다.

"네, 지금은 괜찮아요. 이 정도는 지낼 만한 것 같아요. 집보단 좀 춥지만 불편하진 않아요."

소파 옆에 놓인 협탁 위의 온도계는 24도를 가리키고 있었다.

"그렇게 되고 나서 이 정도 온도에서 이렇게 오랜 시간 동안 지내는 건 처음이긴 하지만요."

희진은 놀란 듯 눈을 껌벅거리며 물었다.

"그러면 평소에 집에서는 어떻게 지내세요? 난방 틀어놓고 그러시는 건 아니죠? 우리 갔던 베트남, 막 열대우림처럼."

"아아, 아니에요. 그건 아니고 그냥 그 뒤로 에어컨을 틀어본 적은 없네요. 딱히 덥다는 느낌도 안 들고 땀도 나지 않고 해서 아예 코드도 뽑아놓고 있어요."

믿을 수 없다는 표정을 짓는 희진을 보며 나는 집 온도는 한 27도 정도 될 거라는 말을 덧붙였다. 희진은 기가 찬 듯 나지막이 '대박'이라며 감탄사를 내뱉었다.

"27도라고요? 하긴, 그 사우나실에서 그렇게 버티셨던 걸 생각하면 이상할 것도 없네요. 저 같은 사람들은 폭염이니 가뭄이니 하는 뉴스에 온 촉각이 곤두서 있는데."

전기 포트 끓는 소리가 작게 들렸고, 희진은 얼음을 와작와작 씹어 삼키며 부엌으로 향했다.

"근데 그렇게 지낸 지 얼마 되지 않아서 아직 잘 모르겠어요. 그 뒤에 목욕탕을 몇 번 다녀왔지만 똑같았고. 그러다 보니 냉탕에도 한번 들어가볼까 했는데, 어떻게 될지 몰라서 그만뒀어요."

희진에겐 따로 말하지 않았지만, 출장에서 돌아온 며칠 동안 나는 집이 아닌 찜질방과 스파 등에서 저녁을 보냈다. 다음 날 입을 옷을 미리 준비해두고, 회사 근처의 한증막으로 유명한 목욕탕과 온실들을 미리 검색해서 차례로 찾아다녔다. 집에서 자는 것보다 피곤하고 여러 가지 제약이 있기 때문에 조금 주저되기도 했고 무언가에 홀린 듯이 덥고 습한 온욕실만 검색하고 있는 내가 정말 미치기라도 한 건가 하는 생각이 들기도 했지만, 재차 내 상태를 확인하고 실감하고 싶다는 강박에서 벗어날 수 없었다.

어떤 한증막이든 사우나든 같은 결과를 가져다주었다. 건식이든 습식이든 전부 동일했다. 덥다며 손사래를 치며 문을 여닫고 들락거리는 아주머니와 할머니들을 보며 땀 한 방울 흘리지 않은 채 방 안에서 숙면했다. 이따금 청소를 하러 들어오는 직원들에게 이렇게 더운 곳에 오래 있으면 큰일 난다는 핀잔을 받기도 했다. 행여 그들이 이상하게 생각할까 봐 미리 옷이나 몸에 물을 묻혀 땀으로 위장하는 일은 시간이 지날수록 익숙해졌다. 천장에서 떨어지는 수증기나 구석에서 작게 타들어가는 숯이며 장작 모두 나를 '덥게' 만들지는 못했다. 애초에 땀을 흘리는 방법을 잊어버린 것처럼 나는 찜질방 구석에서 몸을 웅크리고 곤히 그리고 편하게 잠들었다 일어나곤 했다.

"그런데 이상하죠. 예전에는 그런 곳에 가면 숨도 쉬기 힘들고 답답하고 그랬는데, 지금은 오히려 더운 곳에 오래 있으면 있을수록 더 상쾌하고, 뭐랄까, 에너지가 채워지는 기분이에요."

"아니, 어떻게 그럴 수 있죠. 너무 신기하네. 전형적인 변온동물들이 보통 그런다더라고요. 얼마 전에 우연히 본 유튜브가 하나 있는데, 그 유튜버가 파충류를 키우는데, 일부러 온열기 설치하고 난방기구 넣어주고, 그러면 소화도 잘되고 건강에도 좋다고……."

희진은 벌떡 일어나 소파 앞에 있는 모니터로 다가갔다. 그것도 인경 씨한테 보여주고 싶었는데, 잠시만요. 검색해볼게요. 인터넷 창 뒤편에 띄워둔 넷플릭스 창이 빠르게 사라졌고, 대신 빨간색 버튼이 그려진 유튜브 검색창이 모니터 중앙에 올라왔다.

"그 채널에서 그런 이야기도 있던가요? 추운 날씨나 추운 지방의 변온동물, 뭐 그런 것들."

머그잔에 담긴 미지근한 커피를 넘기며 내가 말했다.

"더운 날씨나 높은 온도에서 잘 지낼 수 있게 되었다면, 분명 그 반대의 경우도 있을 것 같아서요. 지금보다 낮은 온도는 경험해본 적이 없고, 한국은 열대지방이 아니니까 계속 이대로 더운 날씨가 유지되지도 않을 거고요."

한참 키보드를 두드리며 유튜브를 검색하던 희진은, 의자를 빙글 돌려 내 쪽을 바라보며 말했다.

"동면이요?"

"네?"

어리둥절해하는 나의 물음에 희진은 급하게 고개를 가로저었다.

"아니, 아니. 죄송해요, 생각나는 대로 말해버려서. 자연스럽게 동면이 떠올라서요. 개구리나 뱀 같은 애들은 다 겨울철에 잘 못 지내잖아요, 맞죠?"

희진은 의자에서 일어나 부엌 쪽으로 다시 걸어갔다. 그녀는 전기 포트에 물을 다시 채워 넣고 난 후 버튼을 눌렀

다. 곧 전기 포트 안에서 물 끓는 소리가 조그맣게 들리기
시작했다.

"제가 찾아본 자료들은 그렇긴 한데, 그래서 걱정이 좀
되네요. 아까 말씀드렸던 것처럼 어떻게 될지 몰라서 미리
대비를 해야 할 것 같은데도 뭘 해야 할지 잘 모르겠어요."

"그 유튜브 채널에서도 그런 이야기를 하더라고요. 이구
아나인가 뱀인가, 아무튼 그 비슷하게 생긴 것들이었는데
겨울철에 온도를 높여주고 습한 곳에서 키워도, 꼭 동면은
몇 주 정도 해야 한다고. 그 이유가 탈피라는 걸 해야 한다
던가."

희진은 새 머그잔에 뜨거운 물을 조금 담고, 이어서 베
트남 커피 한 봉지를 조심스레 털어 넣었다.

"아, 허물. 허물을 벗을 수 있다고 그랬어요, 동면을 해야
만요. 그게 꼭 동면은 아니더라도, 몸을 일부러 차갑게 만
들고 주변 온도를 낮추고 나야 또 그다음 해를 살 수 있는
동력을 얻는다던가, 뭐 그랬거든요."

"한여름에 겨울을 걱정하고 있다니, 정말 기분이 이상하
네요."

적당하게 따듯한 온도의 머그잔을 두 손으로 감싸며, 나
는 천천히 돌아가고 있는 선풍기를 무의식적으로 바라봤

다. 온도가 변한다는 '변온'이라는 단어를 검색하며 조사 했던 지난 몇 주 동안 가장 많이 눈에 띄었던 연관 검색어 또한 희진의 말처럼 '동면'이었다. 유치원이나 초등학교 때, 혹은 교과과정에 있지 않더라도 누구나 알고 있는 파충류와 양서류의 겨울잠. 낮아진 온도에 적응하지 못해 땅속에서 겨울을 보내고 잎과 풀이 나기 시작하는 봄이 오면 흙 밖으로 머리를 내밀며 기지개를 켜는 동물들의 따듯하고 평화로운 일러스트는 어느 동화책에서든 쉽게 발견할 수 있었다. 막 겨울잠에서 깨어난 동물들을 무차별적으로 죽이던 남자아이들 같은 재앙을 떠올리지만 않는다면, '동면'은 무척 매력적인 단어였다. 겨울방학 내내 학원을 다니고 방학 숙제를 하는 대신 나도 곰이나 개구리 같은 동물처럼, 적당히 따듯한 곳에서 겨울잠이나 자면 좋겠다고 생각한 적도 많았기 때문이다.

희진과 나는 차갑고 뜨거운 각자의 잔에 담긴 베트남 커피를 사이에 두고 고개를 가로저었다. 둘 다 이런 경우는 당연스럽게도 난생처음 겪지만, 그래도 사람은 동물과 구조 자체가 다른데 동면이 필요하다는 건 있을 수 없는 일이라는 이야기를 나눴다. 만일 혹독한 추위가 몰아닥친다 해도 그에 대비할 수 있는 기구가 얼마든지 있으니 걱정

할 것 없다는 결론으로 이어졌다.

"일단은 확실하지 않으니까요."

희진은 지레 걱정하는 건 오히려 스트레스만 낳을 것이라며 나를 위로했다. 희진의 말도 일리는 있었다. 학계에서뿐 아니라 소위 '카더라 통신'으로도 알려진 적 없는 변온인간의 겨울잠에 대해, 정보를 더 찾아낼 수 있는 방법이 없었다. 자발적으로 국가기관이나 해외 의료기관에 도움을 요청해 앞으로의 걱정을 대비할 수는 있겠지만 절대 그것만은 피해야 한다는 희진의 말처럼, 그건 너무 극단적인 방법이었다. 여러 가지 실험을 통해 원인과 결과를 도출할 수는 있겠지만 지금과 같은 생활로 돌아가지는 못할 것이다. 초등학교 과학실 구석에 놓여 있던 보존액에 담겨진 각종 동물, 곤충의 사체와 표본을 떠올렸다. 그런 야만적인 수준까지 가진 않더라도 분명 그와 비슷한 상황을 겪게 될 것이라는 확신은 들었다. 그동안 사용했던 페이스북이며 트위터 계정이 일시에 불특정 다수에게 공개될 테고, 지금은 거의 연락을 하지 않고 지내는 가족들은 수많은 기자들에게 둘러싸여 나와 관련된 온갖 정보를 추궁당할 것이다. 평생직장은 아니더라도, 경력을 키우기 위해 버텨왔던 여행사 생활도 당연히 더는 지속할 수 없을 것이다. 하루에도 수많은 가십이 공유되는 사내 메신저에는 내 이름이 도배될 것이고, 팀 전체에 이상한 소문들도 퍼질 것이다. 바이러스에 걸렸다느니 원래 조금 어딘가 이상했다느니 하는 이야기가 돌 것이고 그렇게 되면 가장 최근에 자주 연락했던 희진도 그 혼란에서 벗어나진 못할 터였다. 나는 이 모든 것을 머릿속에 자연스럽게 연결 지어 생각할 수밖에 없는 스스로에게 놀랐지만, 어쨌거나 적어도 지금의 한국이라면 충분히 가능할 일이었다.

넷플릭스는 보는 둥 마는 둥 하고 집으로 돌아오는 길에 나는 서점에 들러 책을 몇 권 더 샀다. 그중 한 권은 흔한 과학기술서였고 나머지 두 권은 청소년을 대상으로 한 장편소설과 소설집이었는데, 세 권 모두 희진이 추천해준 책이었다. 중앙도서관을 직접 뒤지거나, 학술 논문들이 즐비해 있는 페이지에서 건별로 결제하며 자료를 얻고 있다는 나의 말에 희진은 좀 더 시야를 넓힐 필요가 있다는 말을 했다. 처음에 나는 그 말을 이해하지 못했다.

"저도 그렇지만 좀 더 상상력을 넓힐 필요가 있지 않을까 싶어요. 제가 몇 가지 적어둔 것이 있는데."

희진은 인터넷 서점에서 찾아 캡처해두었다며 책 제목과 표지가 함께 보이는 스크린숏 몇 개를 그 자리에서 나에게 공유해주었다.

"너무 허상을 좇는 건가 싶기도 하지만, 그래도 가끔은 해결되지 않는 상황에서 이런 것들이 도움이 되더라고요."

희진이 공유해준 사진을 물끄러미 바라보았다. 서점의 어린이 섹션에서 가끔 본 적이 있던 자연과학 학습만화가 있었고 요즘 한창 잘나간다는 SF 소설가 둘의 책이 있었다. 평소에 시나 소설 같은 문학 계열에 큰 관심을 가지고 있진 않았지만, 나도 한 번쯤은 들어본 적이 있을 정도로 유명한 작가들이었다. 두 작가의 작품은 작년과 재작년에 대형 출판사에서 운영하는 공모전에 차례로 당선된 소설들이었다. 주변에서 하도 호들갑을 떨길래 언젠가 읽어봐야지 하고 생각만 해두었다가 곧 잊어버린 목록이었다.

"지금 인경 씨에게는 여러 가지 경우의 수가 필요하니까요. 사실 인경 씨도 몰랐을 거고, 함께 출장 가지 않았다면 저는 평생 상관없이 지낼 이런 상황이 확실히 정상적인 건 아니잖아요, 그죠?"

고개를 끄덕이는 나를 보며, 희진은 황급히 말을 보탰다.

"아, 물론 대리님, 아니 인경 씨가 정상적이지 않다는 건 아니고요. 그러니까 제 말은, 어떤 상황이든 그럴 수 있으니 대비를 하는 게 좋을 것 같고, 너무 좁게만 생각하면 안

될 것 같고, 그러니까 이런 소설들도 도움이 될지 모르니까요."

팔을 크게 휘저으며 구슬땀을 흘리는 희진을 보며 나는 말했다.

"희진 씨는 참 신기해요. 어떻게 이런 상황들에 그렇게 유연하게 대처할 수 있는지 궁금하고. 이렇게 맹목적으로 도와주시는 것도 제 입장에서는 참 신기하고."

그리고 고맙고요. 희진에게서 시선을 떼며 나지막이 혼잣말 비슷한 것을 덧붙이며 나는 손에 들고 있던 머그잔에 시선을 고정시켰다. 갑작스러운 돌발 상황에 유연하게 대처할 수 있는 능력은 서바이벌을 표방하는 예능 프로그램에서나 발휘할 수 있는 일이라고 생각했다. 출연자들의 담대함과 순발력을 실험하는 동시에, 그렇게 얻은 점수로 시청률 경쟁을 이끌어내는 그런 프로그램에서만 가능하다고. 물론 그마저도 담당 PD가 짜놓은 각본대로 굴러가는, 정해진 이야기일 경우가 대부분이지만 말이다. 비행기 시간이 지연되고 도착 시간이나 일정들이 조금씩만 지연된다 해도 생기는 문제들이 너무 많다. 입사 1년 차 직전까지 나는 그런 변수들을 생각하지 못한 채 스케줄을 짜서 사수에게 늘 혼이 나기 일쑤였다. 자연재해나 교통사고, 협력 업소의 파업 등과 같이 도저히 손을 쓸 수 없는 문제에 유연해지기까지는 꼬박 2년이 넘게 걸렸다. 변온인간인 상태로 몇 년을 반복해서 버틴다면 이 걱정도 익숙해질 수 있을까. 전임자가 쌓아놓은 백서도 없고, 인수인계서나 사용설명서처럼 명확한 가이드라인이 있는 것도 아닌, 세상에 단 한 번도 존재하지 않던 사건과도 같은 이 현상을 희진처럼 편견 없이 받아들이기는 아마 다시 태어난다 해도 나라는 사람에겐 불가능한 일이 아닐까.

희진은 내 어깨에 살며시 손을 올리며 말했다.

"물론 베트남 가는 건 진심으로 싫었지만, 그래도 곽 부장이나 정 팀장 같은 사람들에게 제일 먼저 알려지지 않아 다행이지 않아요?"

희진이 자리를 비운 사이에 지속적으로 옆구리를 쿡쿡 찌르던 정 팀장의 궁금증 섞인 눈빛이 잠시 떠올랐다.

"사무실에서 워낙 오래 눈치 보면서 지내서 저도 잘 알아요. 제 회계 업무 특성상 상대적으로 다른 사람들을 쪼아대는 일이 많아 저에 대한 소문이 안 좋은 쪽으로만 흐르는 것도 알고요. 사무실에 햇빛 알레르기니 뭐니 해서 여름만 되면 죽을병에 걸렸다 어쩐다, 매년 새로 들어오는 인턴들에게 부장 팀장 할 것 없이 떠벌리고 다니는 것도 다 들었어요."

희진은 얼음물을 한 번 꿀꺽 삼키고 가만히 말을 이었다.

"참 이상하죠, 저는 더운 게 싫을 뿐인데. 싫은 건 이유 없이 그냥 싫은 건데 사람들은 뭔가 늘 이유가 있고 숨겨진 사정이 있을 거라고 생각해요. 그리고 그걸 캐내는 걸 유난히도 좋아하고요. 비밀을 파헤치는 탐정 만화의 주인공들도 아니면서, 정말."

『소년탐정 김전일』아시죠? 희진이 만화에 나오는 대사를 짧게 따라하는 통에 나는 참지 못하고 고개를 들어 희진을 바라보며 피식, 웃음을 짓고 말았다.

"기억 못 하실지도 모르지만, 저는 인경 씨 도움을 많이 받았어요. 그거면 지금 이 상황을 함께 감내할 만한 이유로도 충분하고, 어쨌든 나름의 책임감도 생기고요."

"제가 희진 씨에게 도움을 줬다고요? 저는 아무것도 한 게 없는데."

"말을 보태지 않으셨잖아요, 그런 소문들에."

희진은 어깨를 으쓱하며 나에게 답했다.

"구석에서 지내다 보면 보이지 않아도 보이는 것들이 많거든요. 에어컨이 바로 앞에 있어서 여름에 좀 쾌적하게 지낼 수 있고 온도도 눈치껏 조정할 수 있는 편리함이 있어서 그 자리를 얻기 위해 엄청 많이 노력하긴 했지만, 거기 앉으니 사무실의 여러 가지 공기가 읽히더라고요."

팔을 크게 휘적거리며 조잘대는 희진의 말을 들으며, 사무실에 앉아 있으면 가끔씩 보이곤 하던 희진의 붉은색 정수리를 떠올렸다. 사무직 직원은 이래야 한다 저래야 한다는 복장 규정을 어기며 민소매 티를 입고 출근했던 희진을, 그다음 주에 주황색에 가깝게 머리 염색을 하고 온 희진을 '관종'이라 이야기하던 몇 사람의 메시지가 기억난다. 희진이 볼 수 없는 팀 내 대화창이었지만 희진은 알고 있었을지 모른다. 곽 부장에게 한소리를 들어가면서도 꿋꿋이 반팔과 반바지로 여름 내내 출근했던 희진의 뒷모습도 어렴풋이 기억났다. 얇은 재질의 하늘거리는 블라우스를 입은 팀원들은 늘 그녀를 곁눈질로 바라보곤 했다. 나도 그 무리에서 크게 벗어나지 않는 차림으로 여름을 지냈다. 저 정도로 덥지는 않은데, 저 정도의 더위는 아닌 것 같다는 생각을 머릿속으로 했을 뿐이다.

우리의 일상이 페이스북이나 트위터로 이루어져 있었다면 나도 분명 실수했을 거라고 희진에게 이야기했다. 의도되었든 의도되지 않았든 간에 리트윗하고 공유하며 나도 모르게 희진에게 상처 주는 행동을 했을 것이다. 속으로만 생각했을 뿐 나도 다른 사람들과 다르지 않다고. 누군가의 글에 급하게 댓글을 썼다가 아차 싶어 지운다고 하더라도 그 사람의 알림창에 그대로 그 메시지가 남아 있는 것처럼, 나도 아무렇지 않은 말 몇 마디로 분명 누군가에게 피해를 주며 살아왔을 것이다. 그 대상이 희진이 아니었을 뿐이다.

하지만 희진은 고개를 세차게 가로저었다. 그녀는 검지로 자신의 관자놀이 부근을 가리키며 말했다.

"생각만 한 것과 생각을 실행에 옮긴 것은 다르니까요."

그녀는 내가 원래 어떤 사람이고 무슨 삶을 살아왔는지 중요하지 않다고 했다. 그리고 이런 의미 없는 동조와 편 가르기에 말 하나 더 얹어지는 것이 얼마나 큰 좌절이 되는지 모를 거라고 덧붙였다. 희진은 관자놀이에서 손을 떼지 않은 채 빙긋 나를 향해 웃어 보였다.

희진의 말을 들으며 반 아이들 너 나 할 것 없이 번갈아가며 서로를 따돌리고 따돌림당하던 초등학교 고학년의 기억이 스쳐지나갔다. 하지만 더 말을 보태지 않은 채, 나도 그녀를 보고 고개를 끄덕이며 웃음 지어 넘겼다.

집 근처 놀이터에 앉아 서점에서 사 온 세 권의 책을 천천히 살펴봤다. 책을 읽기 위해 걸음을 멈춘 건 아니고, 바같의 열기와 햇빛이 좋았을 뿐 다른 이유는 없었다. 볕을 받아 뜨겁고 건조해진 철제 그네에 앉아 따뜻한 기운이 가득한 그네의 바닥을 쓸어내렸다. 아주 오래전에는 여름보다 겨울을, 봄보다 가을을 좋아했던 것 같은데 언제부터 겨울이 빨리 지나기를, 여름이 빨리 오기를 기다렸는지 생각해봤다. 사무실의 에어컨 냉기를 버티기 힘들어 기모 재질의 카디건을 가지고 출퇴근하기 시작했던 그즈음이었을까. 그때부터 내 몸의 변화는 이미 예고되어 있던 것일까. 가족 중에도 이런 경우가 있었을까. 다리를 뻗어 그네를 천천히 밀고 당기며 많은 생각이 들었지만 일단은 이 따뜻하고 기분 좋은 여름을 잘 보내는 것밖에는 방법이 없다는 생각이 들었다. 몇 년 전의 나라면 이렇게 양지에 앉아 볕을 쬐기 전에, 분명 선크림을 덕지덕지 발랐을 것이다. 눈을 감고 앉아 있으니, 기분 좋은 에너지가 머리끝에서 내려오는 기분이 들었다.

"누구나 변할 수 있는 거잖아요, 인경 씨처럼."

나를 배웅하며 희진이 건넨 말을 떠올렸다. 정말 누구나 이렇게 순간적으로 변할 수 있는 거라면, 그리고 이전과는 전혀 다른 삶에 대해 고민해야 한다면, 다른 사람들은 어떻게 그걸 버텨내고 있는 걸까. 회사 사람들과 사적으로 어울린 적이 단 한 번도 없던 내가 자처해서 누군가의 집으로 향하고, 누군가의 조언을 깊이 듣고 마음에 새기리라곤 평생 생각해보지 않았다. 차가운 희진의 집 현관문을 열 때만 해도 나는 희진을 어디까지 믿어야 할지 알 수 없었다. 다시 문을 닫고 나오는 길에서, 나는 그녀가 건넨 말들을 곱씹었다. 누구에게나 힘든 순간은 온다던, 그 순간을 버티기 위해 필요한 것들을 차분하게 찾아보자던 희진의 말. 원인을 찾아 헤매기보다 앞으로를 대비하자는 희진의 다독거림은 확실히 효력이 있었다. 희진 같은 사람들이 있어서 나 같은 사람들도 살아갈 수 있는 것이라 믿기로 했다.

그녀 걸이를 꼭 잡고 있던 오른손을 들어올려 얼굴을 감쌌다. 눅진한 철 냄새와 함께 따듯하고 충만한 기운이 얼굴의 반쪽에 내려앉았다. 그래, 필요한 것들을 천천히 찾아가면 될 일이다. 나는 잠시 참았던 숨을 깊고, 기분 좋게 내쉬었다.

집 근처 카페에 여름 특선 메뉴가 나오기 시작한 날부터 운동을 시작했다. 사람들이 앞다투어 자몽에이드나 레모네이드 등을 고르며 음료 쿠폰을 내미는 것을 보고, 나는 미지근한 아메리카노를 주문했다. 따듯한 것 주문한 게 맞냐며 재차 묻는 직원과 가끔 이렇게 주문하는 손님들도 있다며 웃음 짓는 직원의 목소리를 차례로 들으며 음료를 텀블러에 넣고 운동화의 끈을 단단히 묶었다. 땀을 뻘뻘 흘리며 카페 문을 여는 사람들을 가볍게 스치며 밖으로 나왔다. 카페 안의 냉기와 바깥의 더운 공기가 묘하게 섞여 흩어졌다.

평소 운동이라면 숨쉬기 운동밖에 할 줄 모르던 내가 운동하기 시작한 것에 별다른 이유는 없었다. 원더우먼이나 슈퍼맨처럼 맨몸으로 자동차를 제압하거나 스파이더맨처럼 높고 낮은 곳을 재빠르게 이동하기 위해서가 아니라, 단지 약한 체력을 보강하기 위해서였다. 불가항력적인 사고에서 벗어나기 위해 초인적인 힘을 기르기보다는 기초 체력을 다지기 위해, 더 직접적으로 말하자면 체력 저하에 따르는 혹시 모를 사건 사고를 대비하기 위해서였다. 매년 여름이 길어진다 한들 그만큼 긴 겨울도 나를 기다리고 있을 것이고, 이전과는 다른 상황이 되었기에 급격한 온도 변화에 대처하려면 근력부터 늘려놓아야겠단 생각이 들어서다. 북쪽 지방의 동물들은 겨울이 다가오기 전에 엄청난 양의 양분을 섭취해 축적해둔 피하지방으로 살아

간다고 하던데, 아무리 생각해도 그건 사회생활을 해야 하는 인간에게 적합한 처사는 아닌 것 같았다. 희진의 말마따나, 여긴 극지방이 아니라 한국이고 지금 우리는 21세기에 살고 있으니까.

처음에 무슨 운동을 먼저 해야 할지 고민이 좀 앞섰다. 계절은 이제 막 한여름에 다다랐고, 폭염이라는 기사가 포털에서 더 이상 보이지 않을 때까진 석 달 정도 남았으니 그사이에 최대한의 효과를 볼 수 있는 운동이어야 했다. 운동에 관해서는 희진과 나 둘 다 아무것도 아는 것이 없었다. 땀 흘리는 활동이라면 질색하는 경영지원팀 희진과 일하는 것 자체가 운동이 되는 여행 매니저인 나에겐 걷는 것 외엔 아는 운동도 없었다. 헬스장 PT나 필라테스, 스피닝 같은 단어들을 모아두고 고민해봤지만, 모두 가격이 너무 비싸거나 퇴근 후에 하기엔 버거운 시간대와 운동 강도라 주저했다. 많은 사람들과 섞여서 하는 운동도 지양해야 했다. 운동에 집중하느라 나도 포착하지 못한 몸의 변화를 트레이너가 눈치채거나 왜 이렇게 땀이 나지 않는지, 땀을 흘려야 운동이 되는 거라며 시시각각 나를 관찰하기라도 한다면 그건 또 다른 감옥이 될 것이 분명했다. 수영이 가장 무리가 가지 않고 인체에 적합한 운동이라고 추천해주는 사람도 있었지만, 수영장의 차가운 물을 장시간 견디기는 어려울 것이 분명했다.

달리기를 먼저 떠올린 것은 내가 아닌 희진이었다. 달리기는 계절이나 장소와 상관없이 많은 사람들이 하는 운동이라 특별히 눈에 띄지 않을 거라 했다. 실제로 한여름 땡볕의 한강공원에서 달리는 사람을 제법 봤다고 희진은 말했다. 그들이 별로 이상해 보이진 않았고, 그저 더위를 좀 덜 타는 체질이라 생각하며 혀를 내두른 적은 몇 번 있었다고 이야기했다.

달리기같이 가벼운 운동이 체력을 끌어올리는 데 효과적일 수 있을까 하는 물음은 일단 운동을 시작하고 나서 생각하기로 했다. 나와 희진 모두 달리기는커녕 자전거도 제대로 배워본 적이 없었기 때문에 무슨 운동이 어디에 좋은지는 전혀 몰랐지만, 지금으로선 달리기만 한 것이 없어 보였다. 다른 사람들과 분리될 수 있고 스스로 페이스를 조절할 수도 있으며 힘들면 쉬어도 되고 거리를 신경 쓰지 않아도 된다. 수능 시험을 코앞에 둔 수능생처럼 나는 며칠 동안 잘 달리는 법, 달리기를 하기 위한 준비 운동 등을 유튜브를 통해 꾸준히 찾아봤다. 작가들도 달리기하고 그런다잖아요, 얼마 전에 한 정치인이 달리기의 장점에 대해 방송에 나와서 막 설교하기도 하던데 확실히 얼굴이 예전과는 달라 보이더라고요. 조금 더 단단해졌달까? 내가 유튜브를 복습하며 달리기를 배우는 동안 희진은 달리기의 3대 효능, 달리기의 중요성, 달리기를 통한 치유법 등의 기사와 영상을 손에 잡히는 대로 나에게 보내주었다. 나는 그 속에서 유사 과학과 루머 그리고 진짜 도움이 되는 정보들을 희진과 함께 선별했다.

만반의 준비를 마쳤다고 생각했던 날, 퇴근하자마자 운동복으로 갈아입고 집 앞에서부터 달리기를 시작했다. 오래된 주택가라 본격적인 운동을 하기는 어렵지만, 한강공원으로 빠지는 출입구가 비교적 가까운 곳에 있어서 그곳까지 빠른 걸음으로 달리며 준비운동을 시작해보기로 했다. 일부러 해가 기울어지기 시작하는 시간을 택한 것은 사전 조사를 위해서였다. 대체로 많은 사람들은 여름에 해가 떨어지기를 기다렸다가 야외 활동을 시작하므로, 집 근처에서 한강공원까지 가는 길에 얼마나 많은 사람들이 포진해 있을지 가는 길에 별다른 위험 요소는 없는지 등을 확인하기 위해서는 저녁 시간쯤이 제격이었다. 햇볕을 마음껏 쬘 수 없는 시간이라고 해도, 여름밤은 대기의 기온이 낮게 내려가지 않고 열대야 현상이 일어나는 날도 있으니 안심할 수 있었다. 특별한 변수만 없다면, 나는 매일 같은 시간에 충분한 운동을 하며 여름을 보낼 작정이었다.

출퇴근을 반복하던 루트에서 벗어나 단 한 번도 가본 적 없는 길을 천천히 달리며 또 걸었다. 남들은 계절이 변할 때마다 반포나 뚝섬유원지 근방의 한강공원을 다니며 돗자리를 펴고 피크닉을 즐기곤 한다는데, 나는 그것들에 한 번도 관심을 가져본 적이 없었다. 살던 동네에서 벗어나기 위해 안간힘을 써 서울에 온 이후 한강에 관심을 가져본 적은 있었다. 내가 나고 자란 지역은 동네 전체가 산으로 뒤덮여 있던 분지였기에 바다는 고사하고 개천조차 보이지 않던 곳이었다. 물고기가 비쌌고, 그 흔한 미역이나 조개도 잘 찾아볼 수 없었다. 도망치듯 그곳을 떠나 서울에 도착하자마자 2호선 순환선을 잘못된 방향으로 타는 바람에 우왕좌왕하면서도, 대교 아래로 흐르는 강물빛이 너무 아름다워 넋을 놓고 바라보았다. 그 대교의 이름이 당산철교였다는 것은 비교적 한참 뒤에야 알게 되었고, 지금의 동네에 자리잡게 된 결정적인 이유 또한 그 철교 때문이었다.

서울남산타워나 63빌딩 언저리를 언제나 그림처럼 관통하는 한강은 그때나 지금이나 여전히 신기한 구석이 있다. '한강으로 놀러 간다'는 말을 특별하게 여기면서도 그

곳을 유흥거리나 여행의 대상으로 삼아본 적은 없다. 아무 용건도 없이 그저 맨몸으로 한강을 향해 달리기를 한다는 건, 지금까지 단 한 번도 생각해본 적 없는 일이었기에 나는 어쩐지 어색하고 날갯죽지가 자꾸만 간지러워 양팔을 이용해 이상한 몸짓으로 여러 번 등 쪽을 긁어대며 걸음을 옮겼다.

생소한 이름의 공원을 지나 노들길나들목이라는 표지판이 세워져 있는 작은 터널을 지나쳤을 때 따뜻하고 청량한 기운이 훅 얼굴을 덮쳤다. 비릿한 내음도 간간이 콧속으로 섞여 들어왔는데 매년 여름철마다 간헐적으로 집 안에 흘러들어오곤 했던 공기가 이 한강 어귀에서 비롯된 것이었다는 걸 그제야 알게 되었다. 아무 일 없이 잘 가고 있냐는 희진의 메시지로 핸드폰이 웅웅거리는 걸 물끄러미 바라보다 기지개를 한 번 켜고 답장을 보냈다. 지금 막 나들목 지나서 한강으로 나왔어요. 이제 조금 더 뛰다가 들어가려고요. 전송 버튼을 누른 후 곧바로 핸드폰을 가슴께의 지퍼 주머니 안으로 집어넣고, 그새 흐트러진 머리를 질끈 묶었다. 한강변의 더운 기온 속에서도, 머리카락은 막 드라이기로 말리고 나온 것처럼 보송한 질감을 유지하고 있었다.

한강공원의 보행자 도로 앞에서 오른쪽으로 갈지 왼쪽으로 갈지를 고민했다. 어디를 가거나 매한가지겠지만 처음 달리는 것이니만큼 무리하기도 싫었고, 내 몸 상태가 나빠지면 즉각적으로 조치를 취하기에 가까운 곳을 이정표로 삼기로 마음먹었다. 오른쪽은 직장인 여의도가 있는 방향이었고 왼쪽은 선유도를 거쳐 성산대교가 위치한 방향이었다. 나는 선유도를 반환점으로 잡고 그곳까지 다다르면 다시 유턴해 돌아오는 것을 오늘의 운동 코스로 삼으려 몸을 그쪽으로 틀었다. 달리다가 선유도가 보일 때쯤 발걸음을 돌리면 그리 멀지도 너무 가깝지도 않은 수준으로 딱 적당하겠다는 생각이 들었기 때문이다. 은은한 가로등 불빛 속에 어렴풋이 보이는 선유도의 모습을 주시하며 천천히 두 다리를 빠른 걸음에서 더 빠른 걸음으로, '달리기를 한다'고 부를 수 있을 만큼의 속도를 붙여가며 이동하기 시작했다.

달리기를 처음 시작하는 사람들을 위해 여러 가지 동작을 알려주는 영상들을 처음부터 끝까지 정주행했지만 확실히 실전은 달랐다. 열 번째 걸음을 뗼 즈음에야 나는 내가 엉거주춤한 포즈로 달리고 있다는 것을 깨달았다. 내 자세를 거울 보듯 바라보며 꼼꼼하게 체크할 수는 없었지만 아무튼 내 달리기가 엉성하다는 것만은 알 수 있었다. 전문적인 러닝 복장을 갖추고 나를 빠른 속도로 스쳐가는 사람들은 전부 적절한 팔 각도와 무릎과 무릎 사이 간격을 유지하고 있었다. '첫 술에 배 부르랴'라는 고릿적 속담을 되새기며, 나도 최대한 그들을 따라 움직였으나 그들만큼 빠른 속도를 유지할 수도 없었고, 무엇보다 숨이 몹시 찼다.

이전에는 전혀 느낄 수 없었던 고통이라 잠시 멈춰 숨을 고를 수밖에 없었다. 두통이나 복통 같은 기분 나쁜 통증이 아닌 건강하게 아프다는, 그러니까 건강해지는 느낌으로의 고통이라는 이상한 생각을 하고 있으려니 헛웃음이 절로 나왔다. 정확한 거리를 알 수 없었지만 바닥에 그려진 숫자를 보니 200미터를 좀 넘게 움직인 것 같았다. 초보 러너들을 위한 커뮤니티 페이지에서, 달리기를 이제 막 시작하려는 사람들은 100미터를 뛰고 100미터를 걷다가 익숙해지면 차근차근 뛰는 거리를 늘려가는 것이 좋다는 이야기가 떠올랐다. 흐느적거리는 팔과 다리를 끌어당겨 자세를 고쳐 섰다. 팔을 쭉 뻗은 후 걷기를 시작했다.

도로 바닥에 하얀색으로 희미하게 적혀져 있는 숫자들이 짐작대로 100미터 단위로 끊어져 표시되어 있다는 사실은 달리기를 시작하고 한 달이 지나서야 알게 되었다. 한강 도로에는 미터 단위로 적혀 있는 곳도 있었고 그렇지 않은 곳도 있었는데, 대체로 여의도나 난지 한강공원을 기점으로 하고 있는 것같이 보였다. 왜 그 두 곳이 한강에서 중요한 위치를 차지하고 있는지는 잘 모르겠지만, 이후 며칠간은 그 숫자들에 의존하며 페이스를 조절할 수 있어 좋았다.

당산나들목에서 선유도까지는 너무 가까웠다. 생각해둔 거리를 다 돌고 집으로 돌아와서는 조금 더 뛰어볼까 하는 고민이 들었지만 실행에 옮기지는 않았다. 거의 운동을 처음 하다시피 한 몸을 제대로 풀어주지 않으면 다음 날 엄청난 근육통에 시달릴 수 있다는 수많은—인터넷 커뮤니티 선배들의—충고에 따라 스트레칭에 집중했다. 달리기 이후에 하면 좋은 다섯 가지 스트레칭 동작이 적힌 페이지를 별표 처리해서 컴퓨터 바탕화면과 핸드폰 메인화면의 가장 잘 보이는 곳에 올려두었다.

근육통을 느끼기 전, 그러니까 다치거나 아프기 전에 그럴 일이 생기지 않도록 예방하는 것이 좋다는 이야기를 희진도 나에게 반복적으로 말하곤 했다. 달리기를 시작한 후 일주일까지는 이전에 느껴본 적 없던 달콤한 피로를 느끼며 일찍 잠들고 일찍 일어나기를 반복했는데, 희진은 그게 운동의 효과가 슬슬 나타나기 시작하는 게 아닐까 싶다며 진지한 표정을 짓곤 했다. 마침 몇 주씩 자리를 비워야 하는 출장이 적어지고 자유 여행 컨설팅이나 비자 대행 서비스가 많아지던 시기였기에 외근을 나갔다가 바로 집으로 퇴근하는 일이 잦아졌고, 그럴 때마다 조금이라도 더 햇빛을 받으며 뛰기 위해 최대한 빠르게 집으로 복귀한 후 한강변을 달렸다. 해는 점점 더 길어졌고 사람들은 해가 완전히 지고 나서야 한강변으로 삼삼오오 모여들어 피크닉을 즐기곤 했기에, 배달 오토바이나 막무가내로 주행하는 자전거, 목줄을 하지 않은 강아지들을 마주치는 위험으로부터 벗어나 자유롭게 달리기를 할 수 있게 되었다.

집으로 돌아와서 하는 스트레칭도 게을리하지 않았다. 스트레칭을 하는 데는 적어도 30분 이상을 소요해야 했는데, 나는 그 시간을 활용해 주로 희진과 대화를 나눴다. 운동의 시작과 끝에는 언제나 희진이 있었는데, 그렇다고 희진이 운동에 함께 참여했던 것은 아니었다. 그녀가 궁금해했던 것은 별일 없었는지, 아는 사람을 마주치진 않았는지 하는 자잘한 것들이었다. 희진과 내가 그리 멀지 않은 곳에 살고 있다는 사실 때문에 그녀는 내게 무슨 일이 생기면 언제든 달려올 채비를 갖추고 있는 듯 보였다.

초반에는 그것이 제법 부담스럽긴 했지만 따로 도움을 요청하거나 의지할 사람이 전무했기 때문에 믿고 기댈 수 있는 사람은 그녀뿐이라는 사실을 주기적으로 머릿속에서 확인하며 차츰 희진의 반복적인 확인 절차가 편안하게 다가오기 시작했다. 스트레칭을 하는 동안 핸드폰에 연결된 작은 블루투스 스피커를 켜두고 모니터 화면의 영상을 따라 몸을 움직이며 희진과 그날 회사에서 못다 한 이야기를 나누기도 했다. 몸을 자유롭게 움직이며 무료한 시간을 보내기 위해 한 선택이었지만 제법 재미가 있어, 특별한 약속이 없는 날 저녁이면 운동을 마치고 집으로 돌아와 블루투스 스피커를 켜고 희진과 통화하는 것이 습관처럼 몸에 배었다.

처음에 스피커 너머에서 들려오는 유튜브 영상 속 트레이너의 목소리에 별로 관심을 기울이지 않던 희진은 어느 순간부터 나와 함께 조금씩 움직이기 시작했다. 시작은 역시 나처럼, 운동이라곤 숨쉬기 운동밖에 해보지 않았지만 일단 좋은 건 따라 하고 보자는 심산으로 말이다.

"스트레칭만 해도 땀이 나네요. 온도를 조금 낮출까, 아니면 그냥 조금만 참을까 고민이에요."

내가 팔을 오른쪽으로 뻗으면 희진 또한 분명 희진의 거실에 서서 팔을 오른쪽 아래로 쭈욱 뻗고 있을 것이다. 힘든 기색이 역력한 희진의 목소리로 그걸 알 수 있었다.

"말씀드렸던 것처럼 이건 운동 후에 좋은 스트레칭이라 하다 보면 좀 시시해질 수도 있을 거예요."

영상을 공유해준 것은 이번엔 내 쪽이었다.

"아니요, 이 정도만 움직여도 벌써 땀이 주룩주룩 흐르는데요. 인경 씨는 안 그래요?"

"저는 아시다시피……."

"아 맞다, 땀은 안 나시죠. 그래도 매일 달리기하고 스트레칭하면 효과는 조금 있긴 있나요? 저는 그게 궁금하던데."

"확실히 다음 날 더 개운하기도 하고, 이제는 이런 마무리 운동이 없으면 뭔가 어색해요."

잘하고 있는 것 같아요, 라는 말을 덧붙이고 마지막으로 기지개를 켜고 있으니 희진도 억 소리를 내며 팔을 들어올리는 것 같았다.

"그래도 인경 씨 따라서 스트레칭 며칠 하니까, 확실히 사무실에서 피로감은 덜 하더라고요."

"피로감이요?"

"계속 앉아 있기만 해서 어깨나 목이 좀 결렸는데, 그래도 이런 걸 따라 해볼 생각은 별로 안 했거든요."

"저도 이전보다 많이 어깨 부근의 통증이 사라진 느낌이긴 해요. 달리기하면 뭉친다던 근육도 스트레칭 꼬박꼬박하니까 좀 풀어지기도 하고."

"스트레칭이라도 하다 보면, 저도 여름을 좀 지내기 수월해지려나요."

잿빛 스피커 너머 희진의 목소리가 좌로 우로 멀어지다 다시 가까워졌다.

"희진 씨는 추운 게 좋다고 했죠?"

"네, 맞아요. 원래는 겨울보다 여름을 더 좋아했던 것 같은데, 언젠가부터 땀도 많이 흘리게 되고 햇빛도 싫고 그냥 더운 게 다 싫어졌어요."

"그래도 그렇게 찬 곳 좋아하고 찬 음식 좋아하고 하는데, 속이 탈 나거나 감기 같은 것에 걸린 적이 없다는 게 대단하네요."

희진은 잠시 목을 가다듬고 답했다.

"그것도 인경 씨랑 비슷하지 않나 생각하고 있어요. 저는 여름을 버티기 어렵고 인경 씨는 겨울이 오는 게 두렵고. 원래는 이 정도까진 아니었는데 정말 어느 순간부터 갑자기 바뀌어버린 것 같아요."

희진은 잠시 목을 가다듬고 말을 이었다.

"아니면, 원래부터 이렇게 태어난 사람인데 지금까지 몰랐던 것일 수도 있고요."

그래도 혹시 모르니 위장약이나 진통제 같은 상비약은 챙겨 다닌다는 이야기를 희진은 덧붙였다.

"사람들 참 편하게 생각하잖아요. 여름에 더위 많이 타면 으레 살쪄서 그렇다, 건강하지 못해서 그렇다, 정말로 여름을 버티기 힘든 사람들도 있는데 속 편한 말을 잘도 한다니까요. 그거 다 노력이 부족한 거라고. 운동하라고."

"그러면서 겨울에도 똑같은 이야기를 하잖아요. 추운 게 버티기 힘들다, 싫다 그러면 체력이 부족해서 그렇다, 밖에 나가서 좀 뛰어보기라도 하라고, 노력 부족이라는 이야기를 어쩌면 그렇게 사계절 내내 돌려 막기처럼 사용하고 그러는지."

희진의 이야기를 듣고 있으니 반사적으로 곽 부장의 얼굴이 떠올라 나도 모르게 웃고 말았다. 최근 인스타그램을 통해 회사 생활 이야기를 네 컷 만화로 그려 올리는 사람들이 많아져서 심심치 않게 보고 있는데, 그중 배가 툭 튀어나오고 머리가 적당히 벗어진 한 중년 남성 캐릭터가 곽 부장이랑 똑같았다. '노력 부족'이라는 말을 입에 달고 살며 '내가 처음 이 일을 시작했을 때는'으로 끝나는 말을 하루에도 서너 번은 반복하는 곽 부장을 버텨내면 사회생활을 길게 할 수 있다는, 그를 일종의 부적으로 여긴다는 이야기들이 사내에서 떠돌아다녔다. 베트남으로 함께 출장 가기 전까지, 경영지원팀에 소속되어 각 부서별 경리 업무를 담당하고 있는 희진을 당연히 곽 부장 쪽 사람이라고 생각해왔다.

여행운영팀처럼 일대일로 곽 부장에게 깨지거나 실적 압박을 받지도 않으며, 편한 자리에 앉아 주어진 회계 업무만 하면 그만일 거라고 여겨왔다. 희진은 팀원 누구와도 부딪치는 일이 없어 보였고, 곽 부장의 말도 안 되는 억지에서 늘 자유로워 보였기 때문이다. 희진이 간혹 튀는 행동을 할 때나 단체 활동에서 빠지거나 했을 때도 곽 부장과 친한 사람이기 때문에 저런 게 가능할 것이라 생각했었다. 희진이 팀 내의 모든 사회활동에서 도태되어 있었다는 사실을 깨닫지 못했다. 그저 희진이 빠져 있는 팀 메신저와 희진이 연차를 낸 날 탕비실에서 들려오는 소리들을 통해, 나도 모르게 그들의 편견에 동조한 것이 아닌가 하는 생각이 들었다.

잘 알지도 못하면서 그런 이야기들을 묵인하고 받아들이곤 했던 나 자신도 결국 희진이 말하는 그런 사람들과 다를 바 없는 것이 아닐까 자책하며 마지막 스트레칭 동작을 따라 몸을 곧게 위로 쭈욱 뻗었다.

"그러니까 곽 부장 같은 사람에게 꼬리 잡히지 않은 게 어디예요."

스피커 너머 길게 내뱉는 숨소리가 섞인 희진의 말을 들으며, 희진도 나와 함께 마지막 동작을 막 마치고 있다는 것을 짐작할 수 있었다.

"그러게요. 조심해야죠."

나는 보던 유튜브를 멈추고 소파에 기대앉아 크고 고른 숨을 내쉬며 그녀에게 말했다. 혹시나 사용할 일이 조금이라도 생기지 않을까 싶어 소파 한쪽에 걸쳐둔 하늘색 스포츠 타월을 바라봤다. 타월은 몇 주째 바싹 마른 채로 그 자리를 지키고 있었다. 조심해야죠. 나는 타월을 돌돌 말아 모니터를 받치고 있는 서랍장 깊숙한 곳으로 밀어넣었다.

7월 한 달 동안은 제주도행을 자처했다. 한여름의 국내 여행은 대체로 강원도와 제주도로 나뉘었는데, 올해는 이전에 없던 폭염이 6월 중순부터 이어졌기 때문에 제일 남쪽에 위치한 제주도로 가는 사람들이 예년의 반의반도 되지 않았다. 제주도 관광 기획을 전부 도맡기 위해 월례 회의 일주일 전부터 며칠 밤을 새워가며 유기농 여행이니 친환경 여행이니 하는 명칭들을 조합한, 소위 눈에 확 들어오는 여행 상품들을 준비했다. 결과적으로 제주도는 너무 덥다며 다른 팀의 매니저들이 제주도를 기반으로 이루어지는 여름 여행들을 전부 드롭해버리는 바람에 쉽게 가져올 수 있었지만 성과는 있었다. 다른 팀 아무도 하지 않는 고된 일을 여행 2팀에서 직접 나서서 한다는 소문이 회사에 퍼지면 팀도 인경 씨도 원원할 것이라며 곽 부장이 물개 박수를 치며 좋아했기 때문이다.

"그렇게까지 하지 않아도 되는데. 정말 괜찮겠어요, 이 폭염에?"

언제나처럼 회사 이슈가 있을 때마다 팀원들을 탕비실로 소집하는 정 팀장은, 이번에도 예상과 다르지 않은 모습으로 팀원들과 나를 불러 조촐한 환송식을 벌였다. 기껏해야 한 달 출장에 굳이 '환송식'이라는 말을 붙이는 정 팀장도 참 그다웠다. 다른 팀원들은 연신 고개를 가로저으며 이런 날씨에 제주도로 가는 건 극기 훈련 받는 느낌일 거라며 한마디씩을 보냈다. 냉동고에 두고 사용하는 마스크

팩이나 땀을 아무리 흘려도 지워지지 않는 메이크업 픽서 같은 제품들을 저마다 하나씩 추천해주는 팀원들을 바라보며 나는 반복해서 말했다.

"괜찮아요, 저 더위 잘 안 타는 체질인걸요. 그죠, 정 팀장님?"

측은한 표정으로 마지못해 고개를 끄덕거리는 정 팀장의 얼굴을 마른 웃음으로 대했다. 탕비실에서 나와 자리에 앉자마자 메신저 창을 열어 희진과 메시지를 주고받았다. 성공? 성공. 회사 메신저의 조악한 이모티콘들이 빠르게 움직였다. 나는 슬쩍 고개를 들어 사무실 끄트머리에 앉아 있는 희진을 바라봤다. 말갛게 웃으며 엄지를 추어올리는 희진이 파티션 위로 나타났다가 빠르게 사라졌다.

한 달 동안의 제주도 국내 여행 스케줄에는 총 네 팀이 있었다. 한 주에 나흘 정도를 한 팀에 할당해 인솔하기로 결정한 뒤, 고객들에게 전화를 돌려가며 일정을 최종적으로 확정했다. 제주공항에서 시작해서 마치는 날까지 모든 일정을 챙겨줘야 하는 단체 관광객 한 팀을 제외하면 대체로 무리 없는 일이었다. 동물 보호 단체, 서핑 동아리, 러닝 동호회 등 다양한 팀이 제주도의 동서남북을 가로지르는 일정이었지만 일주일에 사흘 정도는 자유 시간으로 가질 수 있고, 또 이런 활동적인 팀들은 이동과 숙소만 완벽하게 준비해주면 별다른 사고 없이 원만하게 알아서 잘 굴러가기에 일하기도 편했다. 이미 계획을 다 짜서 내려오니 변수 또한 거의 없는 편이었다.

제주도는 여전히 수요가 많은 국내 여행지이기 때문에 여행 1팀과 2팀 사람들은 누구나 한두 번은 거쳐가야 하는 곳이었다. 중장년층의 해외여행 단체를 주로 도맡는 여행 1팀도 성수기와 비수기에 각각 한 번씩 팀원을 돌려가며 제주도로 보낼 정도로, 제주도는 여전히 인기 관광지 중 하나다. 그만큼 회사 내에서 거래하는 숙소들과 버스 대절 회사, 식당들도 탄탄히 짜여 있는 편하게 일할 수 있는 곳이라 다들 불평불만 없이 제주도로 내려가곤 한다. 딱 한 가지, 기록적인 폭염이 기승을 부리는 경우를 제외하면 말이다.

한여름의 절정에 제주도에 내려와 인솔하는 것은 처음이었다. 공항 정문을 열어젖히니 전에 몰랐던 온기와 열기가 얼굴을 따듯하게 감싸는 것이 느껴졌다. 바람이 제법 불었지만 크게 거슬릴 정도는 아니었으며 제주공항 앞을 수놓고 있던 커다란 야자나무와 활엽식물들은 몰라볼 정도로 푸르고 곧게 자라 있었다. 작년만 해도 이 정도는 아니었는데 제주도가 정말 덥긴 덥네, 시내로 가기 위해 버스를 기다리는 사람들이 부채질을 하며 말했다.

숙소로 가는 버스에 올라 흐트러져 있는 머리카락을 정돈하여 한 갈래로 곧게 묶었다. 땀 한 방울 묻지 않은 채 건조한 상태로 이리저리 휘날리는 긴 머리 때문에 주목받고 싶지 않아서였다. 숙소는 일부러 제주 시내에서 제법 떨어진 서쪽 끄트머리인 협재와 한림의 중간쯤으로 잡았다. 제주 시내에 회사와 계약되어 있는 협력 업체의 숙소를 이용하면 이동하거나 업무를 보기 편했겠지만 오지랖 넓은 협력 업체 직원들의 얼굴과 말투가 불현듯 떠올랐고, 대신 사비를 조금 들여 평소 가보고 싶던 바다 근처의 숙소를 미리 예약해두었던 것이다. 숙소 바로 앞에는 바다가 있긴 했지만 해수욕을 할 수 없는 곳이기 때문에 사람이 붐비지 않았다. 예약을 확인하기 위해 숙소 주인에게 전화를 걸었을 때에도 그는 같은 말을 내게 했다. 바다가 앞에 있지만 바다로 들어갈 수 없는 곳에 위치한 숙소는 한여름엔 좀처럼 인기가 없다며, 가끔 그런 비수기 아닌 비수기의 풍경을 즐기러 오는 사람이 있다고 이야기해주었다. 혹시 글 쓰시는 분이세요? 라는 물음에 고개를 가로저으

며 그냥 조용한 걸 좋아해서요, 라고 답하며 회사에서 휴
가 명분으로 챙겨준 돈과 여행 경비로 선지급받은 비용을
보태 한 달분의 숙소 사용료를 입금했다. 좀처럼 떨어지지
않는 곽 부장의 결재를 출장 가기 직전에 미리 당겨 받을
수 있던 것은 물론 희진 덕분이었다.

비양도가 바로 앞에 보이는 곳에 위치한 숙소는 서울을
떠나기 전에 찾아본 사진 그대로의 모습이었다. 방이 그리
많지 않았고, 버스 정류장에서 제법 먼 곳에 위치해 있어
주말 저녁이나 평일 한낮에도 소음이 거의 느껴지지 않을
것 같아 보였다. 길거리를 배회하는 길고양이의 수가 마주
치는 사람보다 많았다. 숙소에 짐을 내려놓고 가볍게 주
인에게 주의사항 등을 듣고 숙소 열쇠와 차 열쇠를 건네
받았다. 오래 머물기도 하고 또 혼자 쓰기엔 어색할 정도
로 넓은 2~3인용 침실을 대여했기 때문에 업무용 렌터카
를 빌리는 것은 제주공항 근처보다는 이쪽에 부탁하는 것
이 좋을 것 같았기 때문이다. 협력 업체를 끼고 제주도에
서 머물지 않는다고 해도 회사에서는 누가 뭐라 할 사람
이 없어 마음이 편했다. 지옥의 더위가 예상되는 제주도
한복판으로의 출장을 부러워할 사람은 아무도 없었고, 그
걸 속 편한 일 아니냐며 따지고 드는 사람도 없었다. 제주

도 출장 전날까지 잘 다녀오라는 팀원들의 응원에, 체질이니까 괜찮다는 말을 반복했다. 체력도 그동안 무척 좋아졌다며 다리와 팔에 생긴 잔근육을 정 팀장에게 슬쩍 보여준 것은 아무리 생각해도 좀 오버였나 싶기도 했지만, 그렇게 해야 그들이 한 달 동안 쓸데없는 연락을 하지 않을 것 같다는 판단이 있었기 때문에 어쩔 수 없었다. 실제로 꼬박 반나절을 걷고 뛰고를 반복해도 아무렇지 않을 정도로, 두 다리와 몸통에 단단한 힘이 생기기도 했지만.

한 달 동안 입을 옷가지들이 그리 많지 않아 가볍게 출장 올 수 있었다. 업무용 노트북과 야외 활동에 대비한 간절기용 옷가지 몇 개가 출장을 위해 특별히 챙겨 온 물품의 전부였다. 단체팀을 인솔하며 냉기가 도는 카페나 식당에 앉아 있어야 하는 일은 필수였기에 최대한 겨울옷 같지 않은 모습의 겉옷을 돌돌 말아 가방 구석에 구겨 넣어 두었다. 나머지는 서울에서 생활할 때와 동일한 목록이었다. 자외선 차단제나 양산 같은 쓸모없는 것들도 당연히 가져오지 않았다.

최적의 기온에서 생활하게 되었지만 체력을 기르는 것을 계속해야 한다는 생각에 제주도에 내려와서도 열심히 뛰었다. 성산이나 서귀포 등 한림에서 제법 먼 거리에서 일정이 있는 날은 일부러 저녁 시간을 자유 시간으로 두고 일찌감치 숙소 근처로 돌아와 달리기를 계속했다. 어쩌다 가이드님도 술 한잔하셔야 한다며 소매 언저리를 붙잡는 사람들도 있었지만 다음 날 일정에 차질이 생기면 안 되지 않느냐는 말을 건네면 전부 고개를 끄덕이고 이내 수긍했다. 러닝 동호회와 서핑 동아리는 새벽 일찍 일어나 오후 늦게까지 종일 몸을 움직이고 저녁이면 피곤한 기색으로 일찍 잠자리에 들곤 했다. 하루에 움직이는 양만큼 먹고 마시는 양도 상당해서 식당 주인마다 전부 기염을 토하곤 했는데, 그만큼 방전도 빨리 와 저녁 늦게 자유 행동을 하는 일은 거의 없었다.

산에서 산으로 이동하는 트레킹 코스나 어떤 해안이 모래가 곱고 파도가 거센지 등에 대한 정보는 나보다 그들이 한 수 위였다. 이미 몇 번은 오간 것처럼 자연스럽게 제주도의 산과 물에 녹아드는 그들을 보며 나도 한 번쯤 러닝에 따라나서볼까 생각했지만 이내 그만두었다. 함께 달릴 수는 있지만 운동과 움직임에 예민한 다수의 사람들이 이상하게 느낄 지점들이 문득 떠올랐기 때문이다.

해가 길어질수록 몸을 움직이기 편해졌고 많은 양의 음식을 먹지 않아도 종일 체력에 부담이 없었다. 하루도 거르지 않고 열심히 달리기를 한 것은 확실히 효과가 있었다. 초반에 조금씩 느끼곤 하던 무릎과 발바닥 통증은 운동화를 더 좋은 것으로 바꾸고 난 뒤엔 감쪽같이 사라졌다. 운동화를 바꿀 즈음 희진과 해외 직구 사이트에서 함께 구매한 영양제가 집으로 도착했고, 우리는 그것을 각자 소분해 꾸준히 챙겨 먹었다. 스트레칭을 하면서 깜박한 영양제를 한 알, 달리기를 시작하기 전에 깜박한 영양제를 한 알. 내가 영양제를 빠뜨리지 않고 먹게 하는 것은 주로 희진의 몫이었다. 지금부터라도 비타민 D를 잘 쌓아놓아야 나중에 고생하지 않는다는 희진의 말을 새겨들었다. 희진이 말한 나중이라는 것이 정확히 언제인지는 가늠하지 못했다. 코앞의 겨울이 될지 혹은 내가 더 나이 드는 미래의 어느 날이 될지 분간할 수 없었지만, 희진과 여러 영양제를 나누어 먹은 이후 눈에 띄게 몸이 가벼워진 것은 사실이었다. 그것이 절정에 달하는 여름의 기온 때문인지 정말 비타민 D와 비타민 A 때문이었는지 또한 정확히 알 수 없었다. 나는 둘 다라고 생각하기로 했다.

　제주도에서 지내며 귀가 시간이 바뀌었기 때문에 달리기와 스트레칭을 하는 시간도 매일 변화가 생겼다. 월별 결제일이 다가올수록 희진의 야근도 잦아졌다. 스트레칭을 함께 하며 수다를 떨 만한 시간은 거의 없는 셈이 되었고, 나는 거의 매일 제주도 곳곳을 돌아다니며 마주하는 풍경들을 희진에게 찍어 보내는 데 열중했다. 사무실에 있는 시간 동안 희진은 거의 바로 답을 하지 못했고 외부 일정에 끌려다니며 나 또한 곧바로 메시지를 확인하지 못했지만 그래도 하루에 한 번씩은 꼭 연락하며 소식을 전했다. 희진은 사무실 내의 새로운 이야기와 분위기를 전했고 나는 희진이 한 번도 와본 적 없다던 제주도의 전형적인 관광지들을 핸드폰 사진첩에 쌓아놔 잠들기 직전 희진에게 묶음 파일로 보내곤 했다. 핸드폰 사진첩에는 예년이라면 절대 찍지 않았을 사진들이 차고 넘치기 시작했다. 마치 제주도를 처음 찾은 관광객처럼 나는 '제주도-여름'이라는 새 폴더에 그 사진들을 저장했다.

가장 고되었던 세 번째 단체 관광객을 제주공항에 내려준 후, 집으로 돌아와 홀가분한 마음으로 달리기를 나서며 희진에게 전화를 걸었다. 새로 산 골전도 블루투스 헤드폰이 깜박이며 정상적으로 핸드폰과 페어링되는 것을 확인한 후, 헤드폰을 양쪽 귀 위에 얹고 관자놀이에 희진의 목소리가 꽂힐 때까지 기다렸다.

"정말로 제주도 와본 적이 없어요?"

오른쪽으로 어렴풋이 보이는 비양도와 해가 거의 지고 있는 바다를 바라보며, 희진에게 대뜸 물었다. 바람 소리가 간헐적으로 귓가를 스치고 지나가는 이곳과는 다르게, 헤드폰 너머 희진이 있는 곳은 조용하고 고요한 듯했다. 희진은 일을 정리하고 이제 막 사무실을 나서던 참이라고 말했다.

"지난번 베트남 갈 때가 난생처음 비행기 타본 거였어요. 아, 제주도가 그래도 익숙하긴 해요. 서류로는 많이 봤어요. 매년 출장 때마다 결제 건 처리하느라고. 산해식당이나 돌담호텔이라든지, 이런 이름들은 익숙하죠. 하도 많이 봐서, 제주도 어디에 붙어 있는지 그림까지 그려지더라고요."

"제주도 궁금하지 않아요?"

두 번째 질문에 희진은 잠시 동안 답이 없었다. 비양도가 오른쪽으로 사라지는 것을 바라보고 있을 즈음, 희진이 말했다.

"제주도요? 여름에요? 어휴, 제가 버틸 수 있을지 모르겠어요. 인경 씨가 보내준 사진들 다 멋있고 신기하고 우리나라에도 이런 곳이 있나 싶지만……. 또 여름휴가 때는 어딜 멀리 가본 적도 없고요."

"제주도도 막 서울처럼 덥기만 한 건 아니고, 시원한 곳도 많아요. 높게 올라가면 서늘한 바람도 불고 바다도 근처라. 예를 들면⋯⋯."

"혹시 사파 같은 곳이요?"

사파라는 단어를 말하려던 찰나, 희진은 내 머릿속에 들어온 듯 정확하게 그 단어를 내밀었다.

"맞아요, 사파. 이게 제가 별로 안 덥게 느껴져서 그런지 잘 모르겠는데, 그래도 아침저녁으로 선선한 것 같기도 하고요."

물론 희진 씨가 느끼는 거랑은 차원이 다르겠지만. 해가 완전히 떨어져 가로등이 밝게 켜진 해안 길을 돌아 숙소로 향하며 희진에게 말했다. 제가 있을 때 오면 나중에 혼자 오시는 것보다 좋지 않을까 싶어서요. 명색이 가이드인데 안내해드릴 수도 있고. 헤드폰 너머의 희진이 다시 조용해졌다. 서류를 넘기며 서랍을 닫는 소리가 들리는 걸 보니 사무실 책상을 정리 중인 것 같았다. 블루투스 헤드폰의 음질이 제법이라고 생각하며, 숙소까지 전속력으로 달리기 위해 크게 심호흡을 하고 자세를 잡으려는데 희진이 말을 건넸다.

"베트남 때처럼 말이죠?"

나는 소리 없이 고개를 끄덕였다.

초복이 지나고 며칠 뒤, 희진은 제주공항에 도착했다. 그녀의 말을 빌리자면 '난생처음' 제주도라는 곳에 발을 디딘 것이다. 거듭 제주도로 휴가 가는 것을 고민해본다던 희진은 이틀 뒤 활짝 웃는 고양이 이모티콘과 함께 제주행 비행기표 사진을 내게 보냈다. 희진이 제주도에 도착하는 날은 네 번째 단체 일정이 마무리되는 날이자 제주도에서 보내는 마지막 주가 시작되는 날이기도 했다. 제주도에서 이틀 정도를 보내고 나보다 먼저 서울로 복귀하는 것이 희진의 일정이었다. 초등학교 수학여행 이후로 '여행'이라 불릴 수 있는 행동도 처음 해본다며 희진은 김포공항에서부터 기대 반 걱정 반인 마음을 촘촘하게 메시지를 통해 쏟아냈다.

한라산 1100고지 입구 관광이 희진이 제주에 도착하는 날의 마지막 일정이었다. 1100고지 별것 없다는 심드렁한 표정으로 미니버스에 오르는 관광객들을 하나씩 챙겨가며, 나는 버스 뒤에 바짝 붙어 렌터카를 몰고 제주공항으로 향했다. 일요일 늦은 오후였던 탓에 공항은 내지로 돌아가려는 사람들로 북새통을 이루고 있었다. 다음 주면 폭풍이 밀려올지도 모른다는 뉴스가 타지인들의 발걸음을 재촉했을지도 모른다.

공항 대기선을 지나 국내선 안쪽으로 들어가는 단체팀
이 나에게 크게 손을 흔들었다. 나는 그들을 향해 건조한
미소를 한번 지어 보이며 뒤를 돌아 공항 내 어딘가에 앉
아 있을 희진을 찾기 시작했다. 다양한 언어가 뒤섞여 정
신없이 북적거리는 이 난리 속에서, 그녀는 그 누구보다
눈에 띌 것이라 생각했다. 베트남 여행에서 그랬던 것처럼
분홍색 휴대용 선풍기를 한 손에 꽉 쥐고, 다른 손으로는
냉수 병을 놓지 않은 채 시원한 곳을 찾아 헤매는 희진. 편
한 반바지 차림에 민소매 티를 입고 있을 것이 분명한 희
진. 나는 몇 분 뒤 그녀를 공항의 커다란 에어컨 날개 아래
서 발견했다. 몇 개월 전 인천공항에서 보았던 모습 그대
로, 사무실에서는 전혀 찾아볼 수 없는 편안한 몸짓으로
에어컨 바람을 쐬고 있는 희진을 어렵지 않게 찾을 수 있
었다.

"제주도, 과연 덥네요."

희진의 첫 마디는 역시 '덥다'였다.

"그래도 베트남보다는 나은 것 같아요."

"베트남이랑 여기는 습도 자체가 다르니까요. 근데 사실
제주도도 베트남이랑 비슷하게 변하고 있다고는 해요."

이 정도면 곧 망고나 카카오 같은 것도 제주도에서 열릴

것 같은데요. 손으로 파닥거리며 손부채질을 하며 말하는 희진에게 이미 몇 년 전부터 망고를 제주도에서도 재배하기 시작했다고 대답하자 희진은 놀란 눈으로 나를 바라봤다.

"그래도 제주도는 좀 찾아본다고 열심히 검색도 했는데 그런 건 전혀 몰랐네요."

희진은 내가 보내준 제주도 사진들을 바탕으로 조각 퍼즐을 맞추듯 제주도에 관한 정보를 모았다고 했다. 출장으로 인한 해외 경험도 올해가 처음이었거니와 지난번 베트남 출장 때처럼 하루 종일 동선이 정해져 있지 않으니, 제주도야말로 제대로 공부해야겠다는 생각이 들었다고 한다. 직장 다니는 몇 년 동안 휴가차 서울을 벗어나본 적이 없었다고. 서울에서조차 늘 가던 곳만 들른 자신에겐 이렇게 내려오게 된 것도 기적이라며, 그러기 위해선 많이 알아가기 위해 노력해야 했다고 희진은 말했다.

렌터카 뒷좌석의 서류와 옷가지를 대충 정리하고 희진을 앉혔다. 차를 빌린 이후로 건드려본 적이 없는 에어컨 버튼을 처음 눌러봤다. 습한 공기가 몇 번 차 안을 훑는 동안 창문을 전부 열어 환기를 시켰다. 희진은 뒷자리에 앉아 휴대용 선풍기를 이리저리 움직이고 있었다.

"이런 한여름에, 그것도 제주도에서, 에어컨 한 번 켜지 않고 돌아다니는 차는 아마 인경 씨 차밖에 없을 거예요."

그만큼 유니크한 것이 기후변화를 막는 데에 일조하는 것 아니냐는 희진의 농담 섞인 말에 웃으며 핸들을 꺾었다. 앞자리 내 쪽과 보조석의 창문만 살짝 열어두고 뒷자리 에어컨은 최대로 켜두었다. 차갑고 시원한 바람이 뒷좌석에 가득 모여 앞좌석으로 살짝 흘러올 때쯤, 좌석에 걸려 있는 두꺼운 카디건을 꺼내 어깨에 둘렀다.

"그 겨울옷을 여기서 계속 가지고 다니신 거예요? 사람들이 이상하게 생각하진 않았고요?"

"냉방이 엄청 잘되어 있는 곳에 들를 때를 대비해서 가지고 다녔는데, 의외로 다들 관심이 별로 없더라고요. 어린아이 하나가 한여름에 왜 한겨울 옷을 입냐고 물은 적은 있는데, 에어컨 바람을 싫어한다고 했더니 고개를 끄덕이고 금방 수긍하던데요."

"오지랖 넓은 사람들은 거기서 끝나지 않았을 텐데. 그래도 이번 출장은 대체로 운이 좋았나 봐요, 인경 씨. 예전에는 몇 번 사고도 있고 진상 고객들도 있어서 출장 중에 업무 협조 요청하는 전화를 받은 적도 있었는데."

2년 전 여름, 희진과 처음 통화한 것이 아마 그때였을 것이다. 도 일대를 전부 전세버스를 통해 달리는 이른바 '황

제 여행'의 단체 여행객 중 한 명이, 예상했던 풍경과 날씨가 아니라며 환불을 요구한 적이 있었다. 여행 전 충분한 고지가 있었고 여행 중의 상황은 종종 변하기도 한다며 신신당부할 때는 건성으로 고개를 끄덕이더니, 갑작스럽게 소나기가 내려 이용할 수 없는 시설이 생기자 돌변해서 여행 일정 전체를 취소하고 싶다던 고객이었다. 어르고 달래도 소용이 없고 서울 본사의 팀장을 연결해달라는 통에 울며 겨자 먹기로 사무실에 전화를 걸었던 바로 그 순간, 희진이 전화를 받았다. 다급한 목소리로 여행 2팀의 최인경인데요, 라고 말하자마자 사무적인 말투로 저는 경영지원팀 송희진입니다, 정진경 부장님 돌려드릴게요, 라고 답하며 곧바로 전화를 넘겼던 그날 희진과 나는 처음으로 서로의 이름을 주고받았다.

숙소 주인에게 친구가 한 명 더 올 것이라는 양해를 이틀 전에 미리 구해두었다. 숙소 주인은 원래 3인용 이상으로 넓게 나온 방인 데다가 별다른 일 없이 잘 지내주었으니 상관없다며 사람 좋은 웃음을 지어 보였다. 그는 키만 분실하지 않게 주의해달라는 말을 건넸고, 혹시 모르니 여벌 키를 벽 옆에 붙어 있는 소화전 안쪽에 넣어두겠다고 말했다. 내가 쓰는 숙소가 널찍해서 그곳을 함께 사용해도 된다는 말을 희진에게 처음 했을 때 희진은 신세를 질 수 없다며 손사래를 쳤지만, 제주도 사정을 잘 아는 사람과 가까운 곳에 있는 게 좋지 않겠냐는 말에 그녀는 잠시 머리를 긁적이며 이내 고개를 끄덕였다. 아무리 한국이라지만 무슨 일이 생기거나 하면 도와줄 사람이 지척에 있어야 한다고, 숙소비도 절약할 겸 그걸로 맛있는 걸 사 먹자는 나의 말에 희진은 연신 고개를 짧게 아래위로 움직였다.

희진의 짐은 많지 않았다. 여행을 많이 해본 적은 없지만 정확히 필요한 것만 챙겨 왔다고 말했는데, 희진이 말하는 '필요한 것'이란 선크림과 휴대용 선풍기, 쿨링 패치 등이 대부분이었다. 평소에 이런 걸 가방에도 넣어가지고 다니냐고 물으니 희진은 원래 사무실 서랍에 가득 쌓여 있어 따로 들고 다닐 필요는 없다고 했다. 희진의 가방 끄트머리에는 잠옷인지 평상복인지 분간이 되지 않을 정도로 얇은 재질의 하늘거리는 여름옷들이 서너 개 튀어나와 있었다.

숙소의 에어컨을 켜고 창을 활짝 열어 에어컨 날개에서 빠져나오는 눅눅한 공기를 바깥으로 내보냈다. 침구가 여분으로 두어 개 갖춰져 있는 원룸 형식의 큰 숙소였기 때문에 희진의 잠자리를 만드는 것은 어렵지 않았다. 다만 더위를 많이 타는 희진과 그렇지 않은 내가 어떤 자리를 어떻게 써야 할지 고민이 좀 되었다. 희진은 바람이 잘 들어오는 곳이면 어디든 상관없다고 말했고 그녀가 말하는 바람이란 바깥의 습기를 머금은 자연 바람이 아닌 냉기 가득한 에어컨 바람일 것이 분명했기에, 나는 에어컨의 위치를 조금 옮겨 에어컨 바람과 바로 마주할 수 있는 자리에 희진의 자리를 만들었다. 희진의 구색에 맞게 설치할 수 있도록 미리 숙소 주인에게 요청해둔 선풍기들을 희진에게 건넸고, 희진은 그것들을 끌어안고 아이처럼 좋아했다. 원룸 숙소는 에어컨 바람이 전혀 들지 않고 햇살이 잘 들어오는 발코니 창가 쪽과, 그늘져 있고 에어컨 바람을 직통으로 쐴 수 있는 부엌 쪽으로 금세 이분되었다. 희진은 짐을 풀자마자 자신의 이부자리 근처에 선풍기 두 대를 적절히 배치해두었다. 희진의 자리를 향해 고개를 숙이고 있는 선풍기들이 마치 성을 지키는 요새처럼 느껴졌다. 이전에 희진의 집을 찾아갔을 때 보았던 크고 작은 선풍기들의 행렬이 떠올랐다. 희진은 선풍기의 머리를 요리조리 바꾸면서 원하는 각도를 만든 후에 만족스러운 표정을 지었다.

과연 덥다는 희진에게 제주에서 꼭 가보고 싶은 곳을 물었다. 희진은 핸드폰 메모장을 뒤적이더니 이내 1100고지와 곶자왈을 말했다. 두 개의 공통점은 한여름에도 일정 기온 이상으로 올라가지 않는 것이었다. 나는 딱히 볼 것도 할 것도 없는 심심한 1100고지보다, 어느 정도 관심이 있던 곶자왈을 가보는 것이 어떻겠냐고 희진에게 제안했고 희진은 금세 동의했다.

"곶자왈은 사투리라면서요? 서울말로 바꾸면 숲 덤불, 숲속 뭐 그런 뜻이던데."

막 잠에서 깨 개운한 얼굴로 선풍기 앞에 있던 희진이 말했다. 제주도에서 희진이 하고 싶고 가고 싶고 먹고 싶어 하는 건 전부 비슷한 성질의 것들이었다. 맛집이나 관광지도 전부 다 필요 없고 좀 더 시원하고 선선한 곳, 이를테면 베트남의 북부 지방인 사파 같은 곳.

"한림에서 멀지 않은 곳에 곶자왈이 하나 있더라고요. '환상숲 곶자왈'이라고 적혀 있던데 저도 한번 가보려고 했어요."

제주도로 1년에 두 번씩 꼬박 내려왔지만 숲길을 차분히 걸어볼 생각은 하지 못했다. 한 번도 하지 못했던 경험이라 내게도 좋을뿐더러 내가 해야 하는 하루의 운동량도 충분히 채우지 않겠느냐는 희진의 말에 나도 고개를 끄덕였다. 좀 걷기는 해도 숲속을 다니는 거라 오히려 피로를 더 풀 수 있었고 희진은 선크림을 평소보다 덜 바른 채 서울에서 느낄 수 없는 시원한 나무 그늘을 즐길 수 있을 테니 말이다.

가벼운 채비를 마치고 아침 일찍 숙소를 나섰다. 숙소에서 공원까지는 차로 30분이 채 걸리지 않았다. 차 없는 한적하고 쾌적한 도로를 달리며 틈틈이 내비게이션에 뜨는 날씨를 확인했다. 평소보다 조금 흐린 날이었지만 희진은 오히려 이런 날이 돌아다니기 편하다고 했다.

주차장 적당한 곳에 차를 대고 '곶자왈 환영'이라는 표지판 앞에 서서 지도를 확인했다. 적당한 높이의 적당한 산책길이라는 설명 밑에 적혀 있는 안전수칙을 대충 훑으며 우리는 각자의 입장 요금을 지불했다. 20분만 기다리면 숲 해설 시간이라는 안내원의 말에 잠시 고민했으나 이내 발걸음을 옮겼다.

손 글씨로 쓰인 입구 간판을 지나 돌계단을 올랐다. 별다른 지도 없이 길을 따라 쭉 걷다 보면 이정표가 나오고 출구가 금세 보일 거라는 안내 직원의 말을 듣고 작은 돌무덤을 밟으며 움직였다. 해발고도나 숲의 면적 같은 정보는 따로 알아 오진 않았고, 희진 역시 마찬가지였다. 제주도에서의 공원은 서울이나 부산 등 수도권의 공원과는 매우 다른 양상을 띠고 있지만 '오름'이나 '산'이 아닌 '공원'이라는 단어가 비교적 안도감을 주었다. 놀이공원을 한 바퀴 돈다는 심정으로 반나절 정도 천천히 숲을 산책할 심산이었다.

"조금 지루하다 싶으면 뛰어도 돼요, 인경 씨."

작은 돌부리들이 사라지고 본격적인 숲길이 시작되었을 때 희진이 내 운동화를 가리키며 말했다.

"여기서도 등산이나 달리기 꾸준히 하신 거 맞죠? 얼마 전에 운동화 사셨다고 하더니, 금세 흙먼지가 잔뜩 꼈네요."

희진의 손가락을 따라 시선을 옮겼다. 희진은 운동화 옆면의 헤진 부분을 가리키고 있었다. 얼마 전 저녁 무렵에 달리기를 하다가 시멘트벽을 잘못 스쳐 미끄러지는 바람에 살짝 뜯어진 부분이었다. 무릎이나 발목은 멀쩡했지만 운동화의 긁힌 부분은 되살려내지 못했다. 흰색 운동화인 탓에 더 눈에 띄었지만 어쩔 수 없었다.

"여긴 달리기도 좋고 밤에도 기온이 계속 올라 있어서 열심히 뛰었죠, 뭐. 확실히 폭염은 폭염인가 봐요. 달리기 코스에 사람 한 명 없고, 길고양이나 들개들만 유유자적 배를 깔고 누워 있더라고요."

"제주도에 자주 출장 오시면서 이런 숲을 처음 와보신다니 그것도 의외네요."

"아, 등산은 한 번도 안 해봤어요. 시간이 남으면 한라산을 가볼까도 했는데 일정이 안 맞아서."

아무리 달리기를 해도 등산에 쓰이는 근육은 다르지 않겠느냐 서울에서도 제대로 된 산을 오른 적 없는데 제주도의 험한 산을 버틸 수 있겠느냐며 산에 관한 이야기를 희진과 나누며 발을 옮겼다. 동남아시아 지역만큼은 아니지만 제법 열대식물에 견줄 수 있을 법한 큰 이파리들이 숲길을 수놓고 있었다. 폭염 때문인지 모르겠지만 꽃이나 열매는 탐방로에 전혀 보이지 않았는데 없는 편이 이런 여름에는 더 잘 어울린다는 생각이 들었다. 희진과 나는 잡초가 드문드문 나 있는 나무데크를 밟으며 계속 앞으로 걸어나갔다. 둘 중 누구에게도 무리가 가지 않는 걸음이며 산책이었다. 적어도 발아래 이어지던 데크가 갑자기 끊겨버린 부분에 다다르기 전까지는 그랬다.

바닥에 만들어놓은 발판이나 인위적으로 세운 돌담을 따라 걸으면 입구나 출구 둘 중 하나가 반드시 나올 것이라는 매표소 직원의 말을 믿었지만, 한참을 걸어도 흙바닥은 그대로 이어졌다. 길을 잃었다는 생각이 문득 들었던 건 발바닥에 가벼운 통증을 느낀 이후였다. 바위에 걸터앉아 운동화와 양말을 벗고 발바닥을 들여다보니 작은 물집이 잡혀 있었다. 지치거나 힘들다는 생각보다는 목이 조금 말랐다. 가볍고 짧게 공원을 산책한다는 느낌으로 왔던지라 생수나 비상식량 같은 것도 없었다. 희진 씨, 아무래도 길을 잃은 것 같아요. 긴장한 얼굴로 발목 언저리를 주무르고 있는 희진을 돌아봤다. 희진은 구슬땀을 흘리며 마른 입술을 가볍게 뜯고 있었다. 물이라도 가져올걸, 목이 타들어가는 것 같아요.

돌담길이나 나무데크는 찾을 수 없었지만 대신 흙이 고르게 펴져 있는 길을 발견했다. 붉은 흙이 드문드문 깔려 있는 것을 보니 누군가 다녀간 게 분명했다. 중간중간 작동할 리 없는 핸드폰 위치 서비스를 계속해서 열고 닫았다. 그 길을 따라 계속 걸으며 틈틈이 시간을 확인했다. 해는 이미 정수리 바로 위를 지나고 있었고 시간은 점심시간 부근을 지나 늦은 오후로 달려가고 있었다.

숲길에 어울리지 않는 흙을 따라 걷다가 낮은 절벽 앞에 다다랐다. 더 이상 앞으로 갈 길은 없어 보였는데, 멀리 나무데크가 깔린 바닥이 어렴풋이 보이는 것으로 보아 맞는 방향으로 온 것은 확실했다. 주저하던 차에 희진이 발아래에 좁게 난 길을 먼저 발견했다. 머리부터 발끝까지 땀으로 범벅이 된 희진이 탁한 목소리로 말했다.

"인경 씨, 저기, 저기에 길이 있어요. 저 길 따라가면 바깥으로 갈 수 있는 것 같은데, 맞죠? 저 멀리 보이는 거, 우리가 아까 지나온 것 같은데."

좀 전에 보았던 붉은 흙이 옅게 깔린 좁은 길은 분명히 출구 쪽에 가까워 보이기는 했다. 사람이 다닐 수 있는 길인지 염소 같은 동물이 지나다니며 자연스럽게 생긴 길인지 분간이 잘 안 되어 불안하기는 했지만, 별다른 대안이 없었다. 뒤로 돌면 아까 왔던 알 수 없는 흙길로 돌아가야 했고 이대로 기다려도 구조해주는 사람이나 직원이 나타날 리 없었다.

"가죠. 제가 먼저 갈게요. 조심히 내려오세요."

당장 탈수증상을 보여도 이상하다 느껴지지 않을 정도로 얼굴이 빨갛게 된 희진 앞에서, 천천히 발을 뻗었다. 길이 나 있는 곳에 집중하며 발끝으로 바닥을 다졌다. 새끼발가락 끝에서 거슬리는 통증이 올라왔지만 일단은 버틸수 있었다. 무게를 실어 바닥을 밟아가며 멀찌감치 서 있는 희진을 향해 손을 내밀었다. 더운 땀이 흐르는 축축한 희진의 손이 내 손을 꽉 붙들었다.

"인경 씨, 조심하세요. 그 앞에, 앞에. 괜찮아요? 저도 갈수 있을까요?"

주저앉다시피 엉덩이를 바닥에 붙이고 내려오는 희진은 울상이 된 목소리로 내게 물었다.

　"너무 긴장하지 말고, 제가 이렇게 바닥을 다져놓고 있으니까요. 제가 갈 수 있는 길이면 희진 씨도 올 수 있어요. 봐요, 이렇게. 조금씩 밟으면 돼요."

　그늘에 있던 흙에 이끼 같은 것이 조금 섞여 있어 미끄럽긴 했지만, 비가 오지 않아 천만다행으로 생각했다. 후들거리는 다리를 한 걸음씩 내딛는 희진의 손을, 나 또한 꼭 쥐고 있었다.

　"미끄럼틀 타듯이. 네, 잘하고 있어요. 그렇게 미끄러지듯이 내려오면 될 거예요. 앞에서는 내가 보고 있으니까. 걱정하지 말아요. 여기 땅 다 튼튼해요."

　땀이 고여 흐르는 희진의 손을 가까스로 붙잡은 채, 절벽에서 완전히 벗어나 평평한 바닥 위로 내려왔다. 여전히 긴장한 얼굴의 희진의 팔을 두 손으로 잡아 조심스럽게 안내한 후, 뒤돌아 우리가 힘겹게 내려온 길을 확인했다. 저 길을 정말로 내려온 것이 분명한가 싶을 정도로 가파른 길이었다. 산행 프로그램에 나올 법한 길을 두 사람이 손을 맞잡고 내려왔다는 것이 믿기지 않았다. 멍한 얼굴의 희진은 그제야 꼭 잡은 내 오른팔을 슬며시 놓았다.

"죄송해요. 너무 꽉 잡고 있었죠."

희진이 잡고 있던 팔꿈치 위쪽에는 손바닥 모양의 얼룩 두 개가 나란히 자리 잡고 있었다.

"괜찮아요. 그보다 죽다 살아난 기분이네요."

팔꿈치를 가리키며, '잘했어요' 하는 완주 도장 같네요, 라고 희진에게 말했다. 헛웃음을 짓는 내 모습을 보며 희진도 나를 따라 풋, 하고 웃음을 터뜨렸다. 인경 씨 운동신경 아니었으면, 저는 정말 죽을 뻔했다고요. 바닥에 주저앉아 배를 잡고 심호흡하는 희진을 바라보고 있으려니 몸의 긴장이 모두 풀려버리는 것 같아 무릎을 살며시 굽혀 몸을 지탱했다.

절벽 길 바로 아래부터 다시 이어져 있는 나무데크를 따라 몇 분을 더 걸으니 공원의 주차장이 나왔다. 아까 출발했던 입구와 입구의 대각선에 놓여 있는 출구라고 적힌 표시판에서 완전히 동떨어진, 엉뚱한 길이었다. 주차장 복판에서 쓰레기를 줍고 있는 미화 직원이 우리와 우리가 나온 길을 번갈아 바라보며 눈을 동그랗게 뜨고 있었다. 주차장 시멘트 바닥에 발을 내딛자마자 달궈진 시멘트의 열기 때문에 기분 좋은 느낌이 전해졌다. 희진이 견디기 힘든 온도일 것이라는 생각이 문득 들어 그녀의 손을 다시 잡고,

주머니에 있던 차 키를 재빨리 꺼내며 차 쪽으로 성큼성큼 걸어갔다. 파김치가 되어 있는 희진을 뒷좌석에 먼저 태우고 앞으로 돌아와 시동을 걸어 에어컨 온도를 최대치로 내렸다. 희진은 뒷자리에 있던 자신의 가방에서 보냉병을 꺼내 물을 단숨에 들이켰다. 차에 오래 있었기 때문에 미지근해졌을 것이 분명한데도, 그녀는 꿀꺽꿀꺽 소리를 내며 열기 가득한 물을 목구멍 안으로 연신 흘려보냈다.

희진과 나는 그길로 바로 숙소에 돌아왔다. 녹초가 된 우리는 서로 아무 말도 하지 않고 마치 정해진 순서처럼 함께 신발을 벗고, 번갈아 샤워부스를 이용하며 몸을 씻고, 냉장고에서 250리터짜리와 500리터짜리 물을 각각 꺼내 단숨에 비웠다. 이제 막 해가 지고 있었지만 공원에서부터 운전을 마치기까지 느꼈던 긴장감이 한꺼번에 풀려서인지, 피로감은 졸음이 쏟아지기 직전에 느끼는 정도와 같았다.

우리는 이불 위에 차례로 풀썩 쓰러졌다.

"공원에서 길을 잃었다면 두고두고 비웃음 살까요?"

희진이 베개 속으로 얼굴을 파묻고 웃었다.

"등산 한 번도 안 해본 초짜들 티 팍팍 내고 왔네요, 우리."

베개에 얼굴을 파묻은 채 나도 따라 웃으며 희진을 바라봤다.

"그래도 진짜 죽는 줄 알았다니까요. 인경 씨 아니었으면 저 진짜 첫 제주행에 귀신이 되어 제주 구천을 떠돌고…….."

"저야말로 희진 씨 없었으면 절대 그 길을 내려오지 못했을 거예요. 혼자서 거길 어떻게 내려와요."

"둘이 각각 다른 시간에 환상숲이니 뭐니를 갔었으면, 꼼짝없이 조난됐겠네요."

"그러게요, 뉴스에 나오고. 회사에서 사람한테 막 연락 오고, 또…….."

희진과 나는 고개를 들어 서로를 바라봤다. 무사히 돌아와서 감사합니다, 우리는 각자에게 꾸벅 인사하며 베개 위로 다시 풀썩 머리통을 떨궜다. 이불 위에서 사선으로 누운 채 물기가 아직 마르지 않은 희진의 긴 머리카락을 가만히 바라봤다. 창밖에서 서쪽으로 기울어져 사라지고 있는 옅은 노을빛에 희진의 머리카락이 한층 더 붉고 선명한 색으로 타오르는 것 같았다. 주홍색과 자주색의 경계에 놓여 있는 그 빛을 바라보면서 눈을 감으려는 찰나, 잊고 있던 것이 떠올라 잠긴 목소리로 희진을 불렀다.

"희진 씨, 에어컨. 에어컨이랑 선풍기 안 켰어요."

졸리고 지친 기운이 가득한 희진이 슬며시 고개를 들어 에어컨 쪽을 흘깃 바라봤다. 내가 몸을 일으켜 에어컨 리모컨을 찾으려는 찰나, 희진이 힘겹게 팔을 내저으며 나를 말렸다.

"……괜찮아요, 괜찮아. 이 정도는 이제 버틸 수 있어요, 이 정도는……."

말을 마친 희진은 이불 위로 다시 고개를 파묻고 바로 잠들었다. 쌕쌕거리는 소리를 내며 작은 코골이를 시작한 희진의 주변으로 햇빛이 마저 내려앉고 있었다.

쓰러지듯 잠든 희진의 몸 쪽으로, 가만히 손을 뻗었다. 머리를 깊게 숙인 채 잠든 희진의 목과 등 언저리 위로 따듯한 기운이 느껴졌다. 그 따듯함이 희진의 더운 몸에서 뿜어 나오는 체온 때문인지 살짝 열린 창문을 통해 들어오는 바깥의 습한 바람인지 분간할 수는 없었다. 그저 기분 좋은, 주머니 속에 넣어 영원히 간직하고 싶은, 그런 온기라 느껴질 뿐이었다.

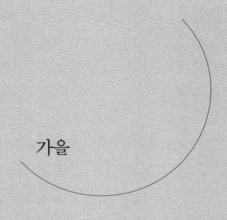

가을

온통 보랏빛 라벤더로 가득한 벌판에 일렬로 줄 선 중국인 관광객들이 500엔짜리 동전을 하나씩 쥐고 보라색 소프트아이스크림이 나오기를 기다리고 있었다. 나는 앞선 관광객들의 뒤에 바짝 등을 붙이고 서서, 내가 인솔하는 열한 명의 한국인들이 차례대로 소프트아이스크림을 주문할 수 있도록 안내하고 있었다. 신속한 손놀림으로 아이스크림을 제조하는 가게 주인은 중국어와 한국어를 조금씩 섞어가며 말했다. 예의 일본 상점에서 느낄 수 있는 특유의 친절한 말투로, 줄의 끄트머리에 서 있는 나를 보며 말했다.

"아이스크림, 드릴까요, 하나?"

내가 일본인처럼 느껴지지 않았는지, 혹은 명백한 한국인 가이드처럼 보이기라도 한 건지, 가게 주인은 어색한 한국어를 건네며 미소를 지었다. 아이스크림 먹을 생각은 없었지만 그래도 보라색은 좋아하니까, 이걸 받고 바로 다음 장소로 이동하자는 생각을 하며 감사합니다, 하고 힘차게 외쳤다. 웅웅거리는 기계에서 부드러운 보라색 크림이 옅은 갈색의 콘 위에 둥글게 올려지는 것을 보고 있던 그 순간, 차가운 바람이 두 뺨을 지나쳐 등줄기를 타고 다리로 흘러내려가는 것을 느꼈다. 나는 소스라치듯 놀라며, 나도 모르게 두 손을 목덜미 뒤편으로 올렸다.

"아이스크림 나왔습니다, 손님. 저기요."

가게 주인은 나를 향해 '아이스크림'이라는 단어를 반복해서 말했다. 목덜미를 움켜쥐고 미동도 하지 않던 나는, 그가 결국 다이조부데스까, 라며 걱정스러운 얼굴로 내 얼굴을 뚫어지게 바라볼 때쯤 정신을 차렸다. 아아, 다이조부, 다이조부데스. 그가 건넨 아이스크림과 오른손에 들고 있던 500엔을 맞교환하고, 여전히 근심에 찬 얼굴로 나를 바라보는 가게 주인에게 고개 숙여 인사한 후 자리를 황급히 벗어났다. 그리고 멀찌감치 나를 기다리고 있는 관광

130

객들을 향해 큰 목소리로 자유 시간을 알렸다.

"앞으로 30분 정도만 자유롭게 산책하시고, 다시 이 자리로 모이겠습니다."

보라색 아이스크림콘을 손에 든 그들이 라벤더밭의 좁은 길을 따라 흩어지는 것을 바라본 후, 핸드폰을 열어 날짜와 시간을 확인했다. 8월 25일 오후 2시 42분. 홋카이도 일정을 시작하며 하루에 열두 번도 더 들여다보는 숫자들이다. 그런데 그 숫자들에서 시선을 뗄 수 없었다. 2시 43분, 2시 44분. 이 정도면 아직 한낮이 아닌가. 아무리 홋카이도라고 하더라도, 아무리 비에이라고 하더라도 8월이면 아직 여름이고 2시면 햇빛이 절정에 달하는 시간이 아닌가.

그런데 내가 느낀 것은 그게 아니었다. 방금 옷깃을 타고 몸 안쪽으로 흘러들어오는 그 바람은 여름의 것이 아니었다. 따뜻하고 더운 느낌이 아니었다. 아주 어릴 때 친구가 장난으로 눈과 얼음을 목 안쪽으로 흘려보냈을 때의 기분, 양팔을 비틀어가며 그 차가운 덩어리들을 몸 밖으로 털어내던 때의 기억이 떠올랐다. 허리 깊숙한 곳에서부터 소름이 올라왔다. 이런 두려움을 최근에 느껴본 적이 있던가.

왼손에 들고 있던 아이스크림을 어찌해야 할지 몰랐다.

가게 주인이 등을 돌린 틈을 타 근처의 쓰레기통에 아이스 크림을 통째로 던져버렸다. 보라색 라벤더 아이스크림, 달콤하고 진하고 시원한 라벤더 아이스크림은 여름의 홋카이도와 여름의 비에이에 올 때마다 즐겨 찾던 것이다. 하지만 먹을 수 없었다. 아이스크림을 도저히 입으로 가져갈 수 없었다.

느린 속도로, 하지만 분명하게, 겨울이 오고 있었다.

"여름이 해도 해도 너무 긴 것 아닌가 싶네, 정말."

언제나처럼 26도로 맞춰져 있는 사무실 에어컨의 온도판을 보며, 곽 부장이 말했다.

"에이, 부장님. 그래도 이제 한여름은 거의 다 갔죠. 곧 9월이잖아요."

정 팀장은 정수기 앞에서 머그잔에 냉수와 온수를 섞어 따르고 있었다.

"최 대리, 홋카이도 출장 이번엔 다녀올 만했죠? 좋았지?"

돌연 나를 향해 질문하는 곽 부장의 목소리에 깜짝 놀랐지만 크게 내색하지 않았다. 홋카이도라는 단어를 듣자마자 반사적으로 라벤더밭에서 느꼈던 그 차갑고 건조한 바람이 생각나 몸이 자연스럽게 움츠려졌다.

"좋고 말고 할 게 어딨나요. 그냥 일이고 매년 가는 건데요."

나는 모니터에서 눈을 떼지 않은 채 곽 부장 쪽으로 살짝 고개를 돌려 답했다.

"그래도 거긴 한여름에도 시원하잖아요. 8월 끝물이라더니 이렇게 더워서야. 도대체가 한국도 어떻게 되려는지 아직도 밤마다 열대야를 겪는다니까."

"부장님, 저번에도 말했지만 사무실 온도가 워낙 높아서 그런 거라니까요. 저기 구석에 있는 선풍기 바람도 전부 부장님 쪽으로만 가게 해놓고서. 여름 내내 말했는데 정말 저희도 덥다고요."

정 팀장은 인상을 팍 쓰고 성큼성큼 에어컨 앞으로 걸어가 에어컨의 버튼을 신경질적으로 꾹 눌렀다. 그 앞에 있던 희진은 긴장한 시선으로 정 팀장을 바라보고 있었다. 곽 부장은 머쓱한 듯 머리를 긁적이며 작게 헛기침을 했다.

"아니, 정 팀장. 그, 그렇지, 에어컨이야 사무실 기물인데, 더운 사람 있으면 온도 낮춰요. 더 낮춰도 돼. 또 더운 사람? 아이스크림이라도 사다 먹을까, 우리?"

곽 부장이 말을 끝내자마자 대각선에 앉은 인턴 직원 두 명이 의자에서 엉덩이를 떼고 일어나 주춤거리며 정 팀장과 곽 부장을 바라보고 있었다. 정 팀장은 한숨을 푹 쉬고 인턴 직원들을 향해 말했다.

"앉아요, 앉아. 부장님, 무슨 아이스크림이에요, 퇴근 시간 다 돼서. 저 여행 1팀 갔다 퇴근할게요. 더워서 여기 사무실에 도저히 못 있겠네요."

파티션에 걸린 가방을 들고 일어나 성큼성큼 문을 향해 걸어가는 정 팀장을 바라보며, 곽 부장은 진땀을 흘리고 있었다. 그, 최 대리 나중에 홋카이도 얘기 좀 더 해줘요. 나도 홋카이도로 휴가나 갔다 올까. 곽 부장은 맘에도 없는 형식적인 말을 뱉으며 큼큼 목을 가다듬고 자리로 사라졌다. 다시 모니터로 시선을 옮기니, 바탕화면 오른쪽 아래에서 노란색 메시지 창이 깜박이고 있었다. 희진이었다.

—출장 잘 다녀오셨어요? 주말 껴서 출장 다녀온 걸 대체 휴일도 안 주고 놀러 갔다 왔다니, 어이가 없네요.

—네, 어제저녁 늦게 도착해서 연락도 못 했네요.

—그러니까요, 저도 결제일에 급여일이라 아침 일찍부터 완전 꼼짝 못 하고, 계속 일만 하고 있는걸요.

그러고 보니 급여일인 것도 까먹고 출장 경비 정산해야 하는 것도 잊은 채 출근부터 계속 멍하니 앉아만 있었던 것을 그제야 깨달았다. 영수증이나 이런 것들을 진작에 주었어야 하는데 정말 미안하다고 희진에게 연신 굽신거리는 이모티콘을 보냈다.

—아니에요, 어차피 그건 다음 달에 해야 하는 거니까요. 그것보다 지금 사무실 분위기 안 좋죠?

—안 그래도 그거 물어보려고 했어요. 저 없는 동안 무슨 일 있었어요?

—둘이 또 한판 했어요. 요즘 좀 조용하더니, 실적 때문에 큰 건 가져오느니 못 가져오느니 하다가, 또 정 팀장님 책상 엎을 뻔하고요.

비어 있는 정 팀장의 의자를 바라보며, 지난봄에 베트남 출장 건으로 들썩했던 사무실과 울상이 되었던 희진의 표정을 가만히 떠올렸다.

—그나저나 홋카이도 멤버들은 괜찮았어요? 별일은 없었죠?

—희진 씨에게 논의 좀 드리려고 했어요. 이따가 시간 좀 되세요?

구석에 앉아 있던 희진의 타닥거리는 키보드 소리가 멈췄고, 그녀는 슬쩍 머리를 들어 내 쪽을 바라봤다.

—오늘 좀 늦게 끝날 것 같은데 기다리실 수 있어요?

—네, 괜찮아요. 보고서도 써야 하고 저도 제 개인 경비

정산도 한 번 더 해야 하고요. 분위기를 보아하니 다들 일찍 퇴근할 것 같은데 일 끝나고 같이 나갈까요?

활짝 웃는 희진의 이모티콘이 메신저를 도배했다.

—네 좋아요! 더운데 치맥이라도 하면서. 아, 인경 씨는 괜찮죠, 참.

—아니에요, 저도 좋아요. 이따 봐요, 그럼.

희진이 보낸 것과 똑같은 이모티콘을 메신저에 띄우고 창을 닫았다. 퇴근 시간이 몇 분 남지 않아 사무실 분위기는 여느 때처럼 들썩거렸지만, 남은 직원들 모두 자리에 푹 꺼져 있는 곽 부장의 눈치를 보느라 여념이 없어 보였다. 저러다 회식이라도 하면 어쩌지 하는 생각이 들어 책상 앞에 서류들을 잔뜩 모아두고 신경질적으로 그것들을 넘기는 소리를 반복해서 냈다. 다행히 6시 정각에 곽 부장은 불쾌한 얼굴로 인사도 없이 자리를 떴고, 곽 부장이 지나간 자리를 다른 직원들이 조용히 따라가며 연달아 퇴근했다.

희진과 나란히 사무실을 나선 건 7시 반이 훨씬 지나서였다. 해가 떠 있는 시간이 이만큼 줄어들었나 싶을 정도로, 금세 찾아오는 저녁이 새삼스럽게 느껴졌다. 회사 근처 식당으로 가는 건 좀 위험할 것 같아 희진과 마을버스를 타고 당산 쪽 한강공원으로 향했다. 지난 몇 개월 동안 꾸준히 달리기를 하며 사람들이 오가지 않는 한적한 곳을 눈여겨봐두었다고 나는 의기양양하게 말했다.

맥주 네 캔과 과자 두 봉지를 담은 검은 비닐봉지를 희진 앞에 내려놓자마자 비에이 이야기부터 꺼냈다. 500밀리리터 맥주캔을 막 뜯던 희진이 순간적으로 얼어붙었다. 치이익 소리와 함께 맥주 거품이 맥주캔을 쥐고 있던 희진의 왼손으로 찔끔찔끔 흘러내리고 있었다.

"희진 씨, 맥주, 맥주요."

손에 잔뜩 묻은 맥주를 희진은 냉큼 털어내며 고개를 빠르게 가로저었다.

"아니, 지금 맥주가 중요한 게 아니라요, 인경 씨 괜찮아요? 지금도 그래요?"

희진의 말에 반사적으로 목덜미를 쓸어내렸다.

"출장 때만큼은 아니었지만, 그때와 비슷한 바람이 자꾸 불어 당황스럽긴 했어요."

"홋카이도에서만요? 한국에서도요?"

"한국에 내려서는 겪은 적이 없지만, 잘 모르겠어요. 불과 이틀 전 이야기니까요."

희진은 맥주 거품이 묻은 왼손을 탈탈 털며 오른손으로

맥주캔을 옮겨 그것을 단숨에 비웠다.

"인경 씨, 지금 추워요?"

갑자기요? 놀란 나는 희진을 빤히 바라보며 잠시 머뭇거리다가 답했다.

"덥거나 춥다기보다…… 지금은 딱 좋은데요. 그냥 좋아요."

"막 비에이인가 어딘가에서 그랬던 것처럼, 소름 끼치지도 않고 찬 바람도 느껴지지 않고 적당하다는 말이죠?"

"일단 지금은 그런데……. 그런데 한국에 돌아와서도 확실히 뭔가 변한 게 느껴져요."

"어떤 거요? 어떤 부분이요?"

"바람이 바뀐 것 같아요. 이렇게 앉아 있으면 대체로 일정한 쪽으로 불던 바람이, 이렇게 위쪽으로, 뭔가 아래와 위가 바뀐 것처럼 느껴진달까요."

멀리 보이는 당산철교 북단과 우리 쪽에 가까운 남단을 손가락으로 포물선을 그리듯 가리켰다. 희진은 두 번째 맥주를 따르며 내 이야기에 귀를 기울이고 있었다. 검은 비닐봉지 안에 담긴 과자는 손도 대지 않은 채 희진은 맥주만 빠르게 비워댔다.

"희진 씨는 지금도 여전히 덥죠? 정 팀장이 말했던 것처럼, 아직은 모두에게 한여름이죠?"

"저야 그렇죠. 여전히 에어컨 밤낮으로 틀어놓고 매일
냉동고에 물병을 꽝꽝 얼려 출퇴근 때마다 한 통씩 비우
고, 다시 채워 넣고."

희진은 막 딴 맥주캔을 한쪽 볼에 댄 채 한강을 바라보
고 있었다.

"아시다시피 저는 여름이 싫으니까요. 그래도 이렇게 한
강에 오랜만에 나와 앉아 있으니 강바람 때문인지 간간이
좀 적당한 바람이 불긴 하네요. 아, 그렇다고 막 시원하거
나 서늘하지는 않고, 그냥 바람이다 싶을 정도의 느낌?"

그래도 사무실보다는 한강이 낫다며, 희진은 가방 속에
서 보냉병을 꺼내 남은 맥주를 병 속에 따랐다.

"겨울이 오기 시작한 것 같아요."

겨울이라는 단어를 뱉고 나니 몹시 생소하게 느껴져 입
안에서 그 단어를 한참을 다시 굴렸다.

"기온이 변하는 게 느껴져요. 뭔가 좀 이상해요. 다른 사
람들은 여전히 이렇게 덥다고 여기저기서 불만 섞인 이야
기를 주고받는데."

"그게 느껴져요, 바람 방향이나 기온이 변하는 게? 저는
아직도 이렇게 더운데. 땅바닥의 열기도 여전히 그대로고

요."

희진은 앉아 있던 벤치 바로 아래의 시멘트 바닥에 조심스럽게 손바닥을 가져갔다.

"몸이 예전보다 훨씬 예민해진 것 같아요. 저쪽에서 찬 바람이 조금씩 내려오는 것 같아요."

나는 손을 들어 다시 당산철교 북단 쪽을 가리켰다.

"이렇게 오랜 시간 사계절을 겪고 살아오면서도, 왜 이런 바람을 느껴본 적이 없었을까."

"아무래도 이전과는 다르니까 그런 게 아닐까요. 태풍이나 지진을 먼저 알고 도망치는 동물들처럼, 인경 씨도 그런 것들을 다른 인간들보다 먼저 깨닫게 된 게 아닐까요."

"홋카이도에 가는 게 아니었나 봐요. 그런 곳은 되도록 피했어야 하는데."

"어쩔 수 없는 거잖아요. 여름 지나면 가을이 오고, 가을이 지나면 겨울이 올 테니까. 가을이라고 해봤자 눈 깜짝할 새에 지나가버리고 미세먼지로 뒤덮인 겨울이 금방 찾아올 테지만."

당산철교를 가로지르는 지하철 소리가 들렸다. 한강변을 달리는 사람들과 자전거 이용객들이 아까보다 부쩍 늘어난 느낌이었다. 피크닉 매트를 들고 한강 쪽으로 걸어가는 무리들이 보였다. 치킨, 떡볶이 따위와 막 편의점에서 산 음료를 든 채 웃고 떠들며 움직이는 사람들을 가만히 바라보았다. 더위를 피해 삼삼오오 한강으로 모여드는 저들에게 지금의 기온은 아직 한여름의 그것과 같게 느껴질 것이다. 해가 더 빨리 지기를, 조금이라도 더 시원한 바람이 불기를, 빨리 선선해지기를, 열대야가 완전히 사라지기를 바라고 있을 것이다. 어떻게든 여름을 붙잡아두고 싶은 나와는 정반대로 말이다.

희진과 수도 없이 찾고 또 들여다봤던 일이었다. 예상하지 못한 것도 아니다. 달리기를 시작하기 전부터, 여름이 시작되기 훨씬 전부터 이미 짐작하고 있었던 일이다. 유튜브 추천 알고리즘을 따라 끝없이 재생되었던 변온동물에 관한 영상들이 한꺼번에 머릿속에 떠올랐다. 파충류와 어류의 생태와 양서류의 서열 체계, 덥고 습한 기온에서 왜 그들은 자유로울 수 있는지에 관한 다양한 분석과 천편일률적인 이론들. 그리고 그 틈새에 가끔 흥미를 가지고 지켜보다 구독까지 하게 된 이구아나, 악어, 열대어를 키우는 사람들의 핸들링과 피딩 영상들. 사육사가 주는 먹이를 받아먹으며, 따듯해 보이는 노란빛이 드리워진 바위 위에 앉아 휴식을 취하던 보리, 자루, 두치라는 이름을 가진 뱀과 거북들이 생각났다.

그들을 사육하는 유튜브 채널들에서 어렵지 않게 동면에 관한 컨텐츠를 찾을 수 있었다. 뱀이 왜 차가운 물에서 목욕을 하면 안 되는지, 이구아나 사육장의 온도는 왜 항상 30도 이상으로 맞춰주어야 하는지에 대한 설명이었다. 직접 키우는 동물들을 데리고 냉혈동물들의 겨울잠에 대해 실험하는 사람도 간혹 있었지만, 겨울잠이란 자연적인 현상일 뿐 이렇게 간단히 온도를 낮추고 겨울의 환경을 인위적으로 만들고 하는 것들은 실제 그들의 생태를 이해하는 데 별로 도움이 되지 않을 것이라는 설명이 늘 덧붙어 있었다.

'채널 보리'의 유튜버는 사육 중인 뱀 보리를 찬물에 담갔다 꺼내는 동작을 반복해 동물 학대 논란을 받아 채널 운영을 그만두었다. 붉은귀거북이 자루를 키우는 '짜루자루'의 유튜버가 채널 보리의 유튜버를 비난하는 동영상을 곧바로 올려 엄청난 조회 수를 기록했다. 자루의 주인은 몹시 분개한 표정으로 똑같은 말을 반복했다. 얘네들은 변온동물이잖아요, 그러면 안 되지, 얘들은 변온동물인데, 그런건 사람으로 따지면 살인 행위야. 그는 자신의 채널에 새로 들어온 시청자들을 향해 친절하게 '변온'이라는 단어의 뜻을 설명해주기도 했다. 침까지 튀겨가며 분노하는 그의 오른편에는 자루가 눈을 끔벅거리며 제 주인을 바라보고 있었다.

여름 내내 찬물을 벌컥벌컥 들이켠 기억은 거의 없었다. 굳이 꼽자면 물 한 방울 마시지 않고 긴장 속에서 수 시간을 버틴 후 제주도 숙소로 돌아온 날, 그때가 처음이자 마지막이었을까. 목이 마르다는 생각을 거의 하지 않고 여름을 지냈다. 달리기를 할 때도 마찬가지였다. 물통을 가지고 나갈 필요도, 힘에 부치면 먹을 초콜릿이나 포도당 캔디도 필요 없었다. 땀을 흘리지 않는 만큼 수분을 밖에 빼앗기지 않으니 항상 따듯하고 온전한 상태로 여름 내내 따스한 기운을 누렸다. 이글거리는 아지랑이가 올라오는 시멘트 바닥도 아무렇지 않았다. 발과 손은 늘 따듯했다. 작년 봄까지 지독한 수족냉증으로 늘 손끝과 발끝이 차가워 한여름에도 이불 밑으로 발을 웅크리고 잘 정도였는데 그 증상 또한 사라졌다. 이를테면 이런 여름을 보내기 위해 그간의 많은 계절을 지나쳐왔을 것이라는 확신이 들 정도로 완벽한 날들이었다.

언제부터 겨울이 오는 것을 알게 되었냐는 희진의 질문엔 많은 고민을 해야 했다. 희진의 상식으로 아직 30도 언저리에 놓여 있는 무더위에서 서늘한 기운을 느낀다는 것은 이해할 수 없었을 것이다. 언제부터였을까. 어쩌면 홋카이도에 가기 전부터 알게 되었는지도 모른다. 공기 중에 어렴풋이 흘러들어오는 냉기를 이따금씩 느끼게 된 것은 꽤 오래전인 것 같다. 그때마다 대기에 물기가 좀 섞여 있기 때문이거나 혹은 소나기가 내리기 직전일 거라는 느낌으로 지나쳐버리곤 했다.

맥주를 각자 두 캔씩 비우고, 편의점에서 새로 사 온 맥주를 두 개씩 나눠 뜯기 시작할 때까지 우리를 방해하는 사람은 없었다. 몽롱한 기분으로 당산철교 위를 지나는 지하철을 바라보고 있었다. 벤치 바닥에 손을 댄 채 만질만질한 나무의 재질을 느끼며 한참 동안 보리와 자루를 생각하고 있었는데, 희진이 먼저 침묵을 깨고 내게 물었다.

"이제 어떻게 하실 거예요?"

"희진 씨 그 말, 예전에도 했던 거 알아요?"

"언제요?"

"서울에 돌아오던 날, 베트남에서. 하노이공항에서. 그때 똑같이 말했어요."

희진은 잠시 생각에 잠겼다가 갑자기 들고 있던 맥주캔을 두둑거리는 소리가 나도록 꼭 쥐며 소리쳤다.

"아! 맞아요! 그래, 그때 그랬죠. 그게 벌써 몇 개월 전이야."

"조금만 더 있으면 반년이 다 되어가요."

"그러니까요, 시간 참 빠르네."

"그때 공항에서 사 갔던 초콜릿 맛있었는데."

"그러게요. 그거 진짜 맛있었는데. 딸기 맛이었나."

"딸기 아니고 망고. 망고 맛."

"아, 맞아요. 망고. 망고 맛."

망고와 딸기를 반복해서 외치며 희진과 까르르 웃었다. 옅은 취기가 온몸을 몽롱하게 감쌌다. 한여름에 맥주 마시면 더위 먹는다며 손사래를 치던 희진은 이제 열대야 아래에서도 양껏 맥주를 잘 넘겼다. 구슬땀을 흘리며 한 손에는 휴대용 선풍기를 놓지 않으면서도, 이 계절에 제맛이라며 도수 높은 술들을 종종 나눠 마시기도 했다. 사무실의 에어컨 리모컨을 사수하거나 함께 식당에 갈 때면 선풍기 앞자리를 고수하는 행동은 여전했지만, 그녀는 여름이라는 계절의 장점을 조금 알 것 같기도 하다며 차가운 음료를 벌컥벌컥 들이켰다.

*

29도. 10월의 첫날에 잰 온도계의 숫자판에는 그렇게 적혀 있었다.

난생처음 보는 글자처럼 '29'라는 숫자가 이상하게 느껴졌다. 체온계를 손으로 한번 닦아 반대쪽 귀에 꽂고 또 5분을 기다렸다. 숫자는 오른쪽과 동일한 29도. 흔히 정상 체온이라고 이야기하는 36.5도보다 7도가 낮은 체온이었다. 완연한 가을 날씨로 바뀌고 난 이후에, 습관처럼 재던 온도는 일주일 단위로 0.5도씩 차이가 나기 시작했다.

연분홍색 체온계는 희진이 선물로 준 것으로, 앞으로 필요하지 않을까 해서 고민 끝에 고르게 되었다고 했다. 지난여름 내내 체온을 재볼 생각은 단 한 번도 하지 않았다. 때문에 체온계를 서랍 속에 고이 잠재워두고 있었을 뿐이었다. 집에 혼자 앉아 있을 때나 아침저녁으로 잠이 깨고 들 때, 주로 주변에 아무도 없는 고요한 시간에 몸이 조금 이상해졌다는 것을 느낀 이후에야 희진이 선물한 체온계가 생각났다. 건강검진으로 병원을 찾을 때나 한번 볼까 말까 한 작고 길쭉한 이 물체를 소중하게 들고 다니게 될 줄은 몰랐다.

매주 단위로 몸의 온도가 조금씩 내려갈 때마다, 나는 검색창을 열어 '체온'이라는 단어와 현재 내 몸의 온도로 측정되는 숫자들을 조합해서 검색했다. 감기나 몸살에 걸렸을 때 체온이 높아진다는 이야기만 들었지 정상 체온 밑으로 내려가면 인간의 몸이 어떻게 되고 무엇이 변하고 따위의 사실들은 전혀 관심이 없었다. 몸의 온도가 35도 이하로 떨어지면 저체온증 현상이 나타난다는 것도 검색을 통해 처음 알게 되었다. 불과 1도 차이로 과호흡, 고혈압, 빈혈 등의 증상이 나타날 수 있다는 사실이 놀라웠다. 몇 년 전 건물 붕괴 때 뒤늦게 구조된 사람의 당시 체온은 28도 전후로, 발견 당시 그는 온몸이 꽁꽁 얼어 혈압도 잡히지 않는 상태였다고 했다. 그 기사를 읽으며 손가락 끝을 구부렸다 폈다 하는 행동을 반복해봤다. 만일 내가 그런 상황에 빠지게 된다면, 다른 사람들보다 며칠이나 더 그런 극한의 상황을 버틸 수 있을지 생각해봤다. 더운 기온이라면 몇 달이고 버텨냈을 것이다. 하지만 반대의 경우라면 저 사람이 버텨낸 시간보다 더 힘든 상황을 맞이했을 수도 있다. 호흡곤란이 오거나 심장과 혈관이 굳어버려 그 자리에서 꼼짝하지 못하고 죽음을 감당해야 했을 것이다.

희진에게 체온계를 선물받은 날부터 약한 난방을 틀기

시작했다. 그즈음 여름께 에어컨을 켜본 적이 없던 집의 온도는 39도에서 32도 안팎으로 내려와 있었다. 1도 떨어질 때마다 바닥에서 올라오는 냉기는 대단했다. 다른 사람들에겐 그저 더운 기운이 서려 있는 따뜻한 바닥이겠지만 나에겐 달랐다. 0.5도와 1도가 몸과 집에서 각각 빠져나가 공기 중에 분해되는 느낌이 들었다.

30도 정도의 온도로 난방을 높여본 적이 없었기 때문에, 난방기는 내가 설정해둔 온도까지 늘 도달하지 못했다. 이정도면 너무 추운데 싶을 때 돌아보면 29도로 온도가 떨어져 있었으며 이 정도면 적절하고 좋다 싶을 때 어김없이 난방이 자동으로 꺼졌다. 바깥의 온도와 집 안의 온도가 비슷하게 맞춰지고 있다는 생각이 들던 날, 옷장 깊숙한 곳에 구겨져 있던 진공포장 팩 속의 겨울 이불들을 꺼냈다. 침대에 누워 있으면 매트리스 안쪽으로부터 달궈지지 않은 차가운 공기가 잠을 자는 내내 나를 괴롭혔고, 그 기운을 참을 수 없었기에 작은 모포들로 매트리스 전체를 김밥을 말듯 둘둘 싸매 둘러 덮었다.

거리에서 반팔과 반바지 차림이 사라질 무렵, 창가에 붙어 있던 커튼을 뜯어냈다. 그 커튼은 몇 년 전 태국에서 사온 것으로, 하얀색 레이스 재질로 되어 바람이 불면 하늘거리는 느낌이 마음에 들어 겨울이고 여름이고 줄곧 같은 자리를 지켜왔다. 가까이서 보면 자수 느낌만 살짝 내고 만들어지다 만 것 같은 조잡한 대량생산형 레이스였지만 제일 좋아하는 커튼이었다. 손바닥 한 줌에 잡힐 만큼 얇고 가는 커튼을 접어 소파 밑에 대충 넣어두고, 원래 그 커튼이 위치해 있던 자리에 새로 산 검은색 암막 커튼을 달았다. 두 손으로 들어야 겨우 지탱할 수 있을 만큼 무거운 커튼이었다. 냉기는 어느 정도 차단하고 실외의 볕을 받아 실내 온도를 유지하는 데 도움이 된다는 상품 설명을 읽고 두 번 생각하지 않고 바로 구매한 제품이었다. 유사 과학 책을 보는 것 같은 설명이었지만 확실히 지금 있는 커튼보다는 나을 것이라는 생각이 들었다. 무엇보다 암막 커튼은 따뜻했다. 레이스 커튼처럼 냉기든 열기든 모든 기운을 통과시키는 그런 성질이 아니었다. 앞으로 닥칠 겨울을 생각하면 선택의 여지가 없었다.

겨울을 나기 위한 준비를 하는 데에 희진은 별로 도움이 되지 못했고, 희진 스스로도 그걸 무척 미안해했다. 냉방용품에는 빠삭한 그녀였지만 겨울에는 동파를 방지하기 위해서만 난방을 돌렸을 뿐, 늘 차갑고 건조한 상태로 살아왔다고 희진은 말했다. 롱패딩도 히트텍도 입어본 적이 없다고 했다. 한겨울에 벽에 붙어 자면 꼭 에어컨 바람을 쐬는 듯 시원하다고 말하는 희진은 확실히 이전보다 쾌활하고 밝게 변해 있었다. 말투나 행동을 포함한 희진의 모든 것은 가을의 서늘한 바람과 함께 제철을 맞은 듯했다. 그러니까 이제 내가, 이 계절에 적응할 차례였다.

몇 주 뒤 희진은 두 번째 체온계를 건넸다. 28도 밑으로는 측정이 되지 않아 체온계가 고장 난 것 같다는 나의 말에 좀 더 정확하고 광범위한 측정이 가능한 체온계를 구한 것이다.

"그건 일정 범위 이상으론 작동이 안 된다더라고요. 해외 유학 중인 친구에게 부탁했어요."

희진이 새로 전해준 체온계는 투박하고 묵직했다. 체온계 뒤편에 밀봉된 테이프를 벗기자, 자동으로 삐빅 하는 강한 소리가 울려 퍼졌다. 무슨 뜻인지 해석할 수 없는 한자들이 체온계 계기판을 빠르게 지나갔다. 희진은 그것을 중국에서 배송받았다고 했다. 체온뿐만 아니라 주변 공기의 온도나 사물의 온도도 측정이 가능하다며, 아직 한국에 들어오지 않은 제품이라 수급이 좀 오래 걸렸다고 눈썹을 찡긋했다. 체온계의 가장 위쪽에는 세 개의 작은 구멍이 나 있었는데, 그것을 통해 온도를 측정하는 것 같았다. 설명서는 읽는 둥 마는 둥 하고 체온계를 내 이마 쪽으로 올려 버튼을 눌렀다. 26.5라는 숫자가 체온계 손잡이 부근에서 깜박거리다가 금세 사라졌다. 희진의 오른팔은 36.7도 왼팔은 36.4도, 그에 비해 나의 온도는 어느 곳에 기계를 가져다 대어도 동일한 26.5도가 찍혀져 나왔다.

"이렇게 보면 아무렇지 않은데 10도나 차이가 난다니. 정말 신기하네요."

희진은 허공에 체온계를 올리고 버튼을 지그시 눌렀다. 삑 하는 작은 버튼음과 함께 체온계 뒤편에 26.5라는 숫자가 나타나 오래도록 깜박였다.

한여름 무더위를 무릅쓰고 제주도로 출장한 것에 대한 보상으로 나는 그즈음부터 대체로 사무실로 출퇴근하며 지내게 되었는데, 그것이 화근이 될 줄은 몰랐다. 조금이라도 에어컨 온도를 내려보고자 눈치 게임을 벌였던 팀원들은, 곽 부장이 부산 출장으로 자리를 비우자마자 에어컨 리모컨의 버튼이 닳도록 온도를 낮추어댔다. 직원들의 책상에선 하나둘씩 휴대용 선풍기가 사라졌고 이제야 좀 사무실이 쾌적하다며 정 팀장도 쾌재를 부르곤 했지만 나는 사무실에서 한 시간도 가만히 앉아 버틸 수 없게 되었다.

50분 주기로 사무실과 복도를 오가기를 반복했다. 때로는 복도 밖의 작은 비상문을 열고 나가 햇볕을 쪼이다 들어오기도 했고 그럴 때면 순간적으로 에너지가 조금은 회복되는 느낌이 들었다.

정시 알람을 손목시계에 맞춰두고 있다가 진동이 울리면 어김없이 사라지는 나를 고깝게 생각했는지, 어느 날 정 팀장이 나를 불러 세웠다.

"자기, 담배 피우기 시작했어?"

복도를 향해 걸어가던 나의 손목을 확 낚아챈 정 팀장은 잡고 있던 내 손목과 손가락을 들어 쿵쿵 냄새를 맡기 시작했다. 순간적으로 정 팀장의 손이 너무 차갑다는 생각에, 반사적으로 나는 그녀의 손을 강하게 뿌리치며 손목을 어루만졌다. 아니면 아니지 왜 이렇게 성질을 내냐며 나를 이상한 눈으로 바라보는 정 팀장의 눈빛을 정면으로 마주하며 말했다.

"그런 거 아니고요, 요즘 집중력이 좀 떨어져서 그래요. 사무실도 너무 춥고."

사무실이 너무 춥다는 이야기에 조금 더 힘을 주어 이야기했지만, 정 팀장은 그 말엔 아랑곳하지 않고 찡그렸던 표정을 살짝 펴며 내 등을 가만히 쓸어내렸다.

"아니, 다른 뜻은 없고 그냥 걱정이 돼서 그러지. 요즘 안

색도 별로고 어디 아픈 것 같길래."

내가 얼마 전부터 최 대리 지켜봤는데, 그냥 너무 안 좋아보여서. 내가 약이라도 해줘야 하나, 난 그런 생각까지 했다니까? 등을 쓸어내리는 정 팀장의 손길이 서늘해서, 나는 허리를 일부러 바짝 세우고 날 선 태도를 취했지만, 정 팀장은 복도에 엉거주춤 서서 쉴 틈 없이 조잘거렸다. 그래도 자꾸 자리 비우고 그러면 밑에 애들이 따라 한다고요. 아니, 내가 담배 피우는 걸 뭐라고 하는 게 아니라, 그래도 그게 상부에 들어가면 또 나만 골치 아프고, 최 대리 열심인 거 아는데 그래도 편애니 뭐니 하는 말 들려올 테고 내가……. 정 팀장이 조용히 다시 나를 사무실로 밀어넣으려 애쓰는 동안 정시에서 10분 후로 맞추어둔, 복귀 알람이 손목에서 웅웅거리며 울렸다. 나는 그날 이후로 손목시계에 고정되어 있던 두 개의 알람을 차례로 지울 수밖에 없었다.

사무실 직원들에게 소문이 어떻게 퍼졌는지는 모르겠지만, 나는 그 뒤로 얼마 동안 팀원들에게 비타민이며 홍삼캔디며 하는 건강식품 선물 공세에 시달렸다. 크게 부담스럽지 않은 선에서 건네는 선의라고 생각하면 그 정도는 주고받을 수 있다고 생각했지만, 정 팀장과 복도에서 잠시

대치한 이후에 벌어진 일들이라 그 출처가 어디인지를 생각하면 마냥 마음이 편치는 않았다. 무엇보다 아직은 따듯한 바깥의 온도를 조금이나마 누리고 올 수 있는 일탈 아닌 일탈이 사라지자, 출근길이 전보다 배는 힘들어졌다. 주말에 아울렛 등을 돌아다니며 방풍 바람막이니 기능성 보온 재킷이니 하는 것들을 잔뜩 사서 사무실에서 근무하는 동안 한시도 벗지 않고 앉아 버텨보기도 했지만, 사무실 전체를 가득 채우고 있는 냉기를 떨쳐내기엔 역부족이었다. 이따금씩 에어컨 바로 앞자리에 앉은 희진이 정 팀장이 자리를 비운 틈을 타 온도를 남몰래 높여주고 바람이 부는 방향을 조절해보기도 했지만, 그것도 정 팀장이 복귀하면 금세 제자리로 돌아오곤 했기 때문에 크게 도움이 되진 못했다.

그렇게 하루 종일 에어컨의 냉기에 시달리고 집으로 돌아오면 지쳐 쓰러지기 일쑤였다. 여름 내내 달리기로 끌어올린 체력은 지금까지 확실히 도움이 되긴 했으나, 갑작스럽게 변한 환경에 대응하기 위해 내 몸이 그동안 축적해둔 근육과 지방들이 차례로 깎여가는 것 같은 기분이 들었고 실제로 몸무게 또한 급격하게 줄어들었다. 퇴근할 때 아침에 가져온 운동화로 갈아 신고, 여름 내내 뛰었던 한강변의 도로들을 조금 빠른 걸음으로 걸어가는 것, 딱 거기까지가 온종일 냉기와 씨름하여 가까스로 버텨낸 내 몸과 내 체력의 한계였다.

더운 기운이 완전히 잦아들자 사람들은 황토색 트렌치코트를 꺼내 입으며 잠깐 머물렀다 지나갈 것이 분명한 간절기의 호사를 누리고 있었다. 사무실 직원들 책상에서 휴대용 선풍기가 하나둘씩 사라지고 에어컨을 가지고 씨름하는 사람이 더 이상 보이지 않을 무렵부터 나는 달리기를 완전히 그만두었다. 퇴근 후 강변을 따라 그대로 몇 킬로미터를 걸어 집에 가던 일도 더는 할 수 없게 되었다. 열대야가 지나자마자 찾아온 일교차 때문이었다. 밤만 되면 집 근처 편의점에서 간단히 맥주를 마시고, 지하철역 근처에 앉아 수다를 떨거나 텐트나 돗자리를 들고 본격적으로 여의도 공원 근처로 향하는 사람들이 늘어났지만, 나는 늘 그들을 빠르게 지나쳐 집으로 돌아와 이불 위에 쓰러졌다. 퇴근 후면 급격히 밀려오는 피로는 예사로운 것이 아니었다. 보던 에피소드보다 한참 뒤로 가서 멈춰 있는 넷플릭스 드라마의 정지 화면을 마주하며 아침을 맞는 일이 빈번해졌다.

밤이 되면 급격히 떨어지는 온도를 피해 주말 이틀의 낮

동안 운동을 몰아 하곤 했지만, 그것도 오래가지 못했다. 감으로만 바뀌었다고 생각하던 바람의 방향이 정확히 북향에서 남향으로 바뀐 것을 확신한 것도 그 무렵이었다.

실내 온도를 적정 수준인 30도 이상으로 유지하려고 했지만, 난방기는 번번이 중앙난방 시스템에 의해 강제로 종료되었고 때문에 작은 온열기를 주문해야 했다. 한여름 희진의 집이 선풍기와 냉방기로 가득했던 것처럼 나의 집 풍경도 희진의 그것 못지않게 변해갔다. 그쪽은 빨갛고 이쪽은 파랗고, 색깔 차이뿐이네요, 라고 희진이 우스갯소리를 건넸다.

겨울용품 판매 페이지와 한파 대비 용품들의 이벤트 페이지가 인터넷을 통해 공개되기 시작한 날, 통장 잔고에서 절반 조금 못 미치는 금액을 이불, 옷, 담요 등에 전부 투자했다. 앞으로 얼마나 더 이런 식으로 버텨야 할지 감이 잡히지 않았지만, 변온의 몸을 가지게 된 이후부터 식비가 급격히 줄었고 여름 내내 교통비 말고는 소비한 부대 비용이 거의 없었기에 이 정도는 겨울을 위해 투자할 만하다고 생각했다. 간절기용 옷들은 전부 겨울 이불이 보관되어 있던 진공 팩에 넣어 손이 제일 닿지 않는 구석으로 치웠고,

겨울옷들을 전부 꺼내어 충분히 추위를 버틸 만한 것인지 그렇지 않은지를 구분해 필요 없는 옷가지를 전부 버렸다. 어차피 앞으로의 나에게는 쓸모없는 옷들이었다.

언제까지 반복될지 모르지만 일단 이번 겨울만 모면하면 될 일이다. 다음 해는 다음에, 이후는 또 그다음에 생각하면 된다. 어떻게든 첫해를 버티면 살길이 생길 것이 분명했다. 지난여름도 나에겐 처음 겪는 일이었다. 생각보다 빠르게 지나갔지만 무탈하고 사고 없이 지나칠 수 있었던 여름처럼 겨울도 그럴 것이다. 그러기 위해서는 필요한 것과 필요하지 않은 것을 철저히 구분해야 했다. 냉장고는 최저 전력으로 설정해두고 나머지 전기는 전부 난방기구를 돌리는 일에 사용하기로 했다. 겨울의 한파가 찾아오면 다달이 청구될 전기세가 걱정이긴 했지만 겨울을 버티고 내년 여름에 또 그만큼 벌면 될 것이다.

전구를 켜기 전까지 어두운 방 안에서 눈이 적응하는 시간이 필요했는데, 그 시간을 견디는 것이 아주 고역이었다.

"그래도 결국에는 빛 하나만 있으면 전부 해결되더라고요."

소파 위에 놓인 전구 스위치를 켜며 희진이 말했다. 새로 사 온 할로겐전구는 특유의 성질로 인해 온도를 스스로 조절하지 못하는 동물들을 키우는 곳에 널리 쓰이고 있는 것이었다. 주로 이구아나를 키우는 집에 많이 설치해두는 것 같았고, 간혹 사육 환경의 질이나 인테리어를 위해 어항의 위쪽에 설치해두는 집도 있었다. 흔한 가정집의 천장에 붙어 있는 조명이 아닌, 노랗고 은은한 빛을 발하는 전구들을 바라보고 있으니 편안해지는 기분이 들었다. 주변 온도 조절이나 동물의 기분 전환에도 도움을 주는 전구라는 문구가 주문 페이지에 적혀 있었다. 외파나 내파, 감마선이 어쩌니 저쩌니 하는 다른 건 모르겠지만 말이다.

희진이 가고 난 후, 난방기구를 한꺼번에 틀어 보일러 난방 없이 방 안의 온도가 얼마나 높아지는지를 실험해봤다. 노란색 전구와 빨간색 전열기의 불빛이 합쳐져 주홍빛으로 희미하게 반사되는 바닥을 바라보며 온도계의 버튼을 이리저리 눌렀다. 열을 내는 제품들 주변은 확실히 따듯했지만, 천정이나 모서리, 창가 바로 앞쪽 등 열이 직접적으로 전달되기 어려운 곳들은 다른 곳의 온도와 차이가 많이 났다. 날씨가 더 추워지면 창가 쪽에 소파나 침대를 가까이 두는 것은 위험할 것 같아 침대를 좀 더 안쪽으로 밀어넣고, 소파를 분리해 하나는 침대 쪽에, 하나는 창가 쪽에 두었다. 요새처럼 변해버린 이런 괴상한 집에 누굴 초대할 일은 없겠고 희진만이 이 집의 유일한 방문자가 될 수 있었으므로 그녀를 위해 시원한 자리 하나 정도는 마련해두어야 한다는 생각 때문이었다.

난방 온도를 많이 높이지 않아도, 이 정도면 충분하다는 생각이 들었다. 겨울바람이 아무리 춥다 한들 그 냉기가 집 안 곳곳까지 불어닥치진 않을 것이다. 본격적인 겨울이 시작되면 작년에 사용해두었던 방풍지를 창문에 바르고, 문틈 구석구석을 스티로폼 같은 것으로 차단해두면 될 것 같았다. 원체 외풍이 심한 집은 아니었기 때문에 걱정은 별로 없지만, 그래도 이 정도의 대비는 큰 품을 들이지 않아도 할 수 있는 것들이니 다행이었다. 겨우내 해결해야 하는 난방비만 걱정될 뿐이었다.

문제가 있다면 방공호처럼 안락하고 따듯하게 꾸며놓은 집을 벗어났다 돌아오는 일이었다. 바깥과 집 안의 온도가 10도 이상 차이 나기 시작하면서, 출퇴근이 본격적으로 힘에 부치기 시작했다. 아예 못 할 일은 아니었지만 여름과는 확연한 차이가 있었다. 달리기를 꾸준히 하면서 만들어둔 근육 때문인지 몸을 다루는 일에 좀 더 유연해져 큰 불편함을 느끼진 못하고 있었지만, 확실히 둔해지고 느려졌다는 느낌을 지울 수 없었다. 단순히 해가 짧아지고 날이 풀려 날아든 미세먼지 때문에 그렇게 체감하는 것인지 정확한 이유를 알 수 없었지만, 그렇다고 병원에 들러 상태를 점검하거나 종합 검사를 받는 등의 조치를 취할 수는 없었다. 근 몇 개월 새에 수혈이나 수술이 필요할 만큼 큰 사고를 당하지 않았다는 것을 다행으로 여겨야 했다.

출퇴근 시간을 칼같이 지키지 못해 사무실에 늦는 일이 잦아졌으나 그 무렵 시작된 유연근무제로 곽 부장이나 정 팀장의 눈치 세례에서 벗어날 수 있었다. 조금이라도 해가 더 올라와 있는 시간에 퇴근해야 안전하다고 생각했지만, 아침에는 이전만큼 몸이 쉽게 말을 듣지 않아 출근 준비가 느릴 수밖에 없었고 그러다 보니 자연스레 퇴근 시간이 늦어졌다. 희진은 언제나 정시에 출근했지만 나와 함께 퇴근하기 위해 늘 30~40분 정도 더 사무실에서 머물다 집으로 가곤 했다. 회사에서 대각선 쪽으로 빠르게 퇴근할 수 있는 길이 있으면서도 희진은 마다하고 늘 집 근처까지 날 데려다주곤 했다. 그녀는 내가 행여 추위에 떨지 않을까, 갑자기 예정 없던 눈이라도 내리면 어쩔까 싶어 늘 가방 안에 남색 카디건을 소지하고 다녔다고 했다. 나중에 알게 된 사실이다.

각종 패션지가 앞다투어 이번 겨울의 트렌드와 팬톤 컬러를 이용한 겨울옷 가이드를 내놓을 무렵, 유례없던 장마가 찾아왔다. 전에 없던 가뭄과 더불어 장마다운 장마가 사라졌다는 뉴스를 지난 계절에 얼핏 듣긴 했지만, 나와 상관없는 일이므로 금세 잊어버렸었다. 비가 내리지 않으면 질척거리는 진흙을 밟거나 옷이 젖어 걸리적거리는 일 없이 더 오래, 더 길게 달릴 수 있어서 오히려 좋았다. 여름이 최대한 길어지기를 간절히 바랐기 때문에, 예고 없는 비가 내려 더위를 식히고 여름의 열기를 순간적으로나마 가져가주기를 바라는 생각 또한 단 한순간도 해본 적이 없었다.

갑자기 찾아온 가을 장마가 한 달 내내 지속될 것이라는 뉴스를 사람들은 처음에는 믿지 않았다. 필리핀 근처에서 발생한 태풍 1호, 대만 앞바다에서 생성된 태풍 2호, 그밖에 3, 4호가 한국에 근접한다는 기상예보가 있을 때마다 기상캐스터는 호우에 대비하라는 주의를 주었지만 지나가는 소나기 혹은 소나기 축에도 끼지 못하는 여우비만 내렸을 뿐이었다. 기상청을 가리켜 '구라청'이라는 별명을 붙여 부르게 된 것도 하루 이틀은 아니었는데 이번 여름의 날씨 예측은 유달리 실수가 잦았고 그 때문에 사람들은 더 이상 뉴스를 믿을 수 없다며 유럽이나 러시아 등에서 개발된 날씨 앱을 내려받았다.

10월에, 그것도 한 달 이상 지속되는 장마는 있을 수 없는 일이라며 앞다투어 기상청을 조롱했지만 이번 예측만큼은 정확히 맞아떨어졌다. 비는 주요 방송국의 기상캐스터들이 예상한 바로 그날부터 내리기 시작했다. 하루 이틀을 지나 사흘과 나흘에 걸쳐 가늘고 굵은 비가 번갈아가며 쉴 새 없이 내리고 그렇게 일주일 정도 거리에서 우산을 쓴 사람들이 끊이지 않게 되자 그제야 사람들은 날씨 예보에 다시 귀를 기울이게 되었다. 화면에는 전국 각지에 빠짐없이 우산과 물방울이 표시되었고 방송사에서는 '기상이변'이나 '지구온난화' 등의 주제로 다큐멘터리나 특별 기획을 편성했다. 지금까지 이런 경우는 없었다며 앞다투어 사람들이 한마디씩을 얹었고, 지구의 수명이 다해 종말이 찾아왔다느니 곧 빙하기가 시작될 거라느니 하는 이야기들도 심심치 않게 돌아다녔다. 하지만 대부분의 사람들은 질량 보존의 법칙처럼, 그 혹독한 여름을 버텨냈으니 이 정도는 있을 수도 있는 일이라 생각하는 것처럼 보였다.

봄철에 때아닌 폭설이 내리는 것처럼 가을께의 장마도 물론 있을 수 있는 일이었다. 하지만 문제는 이제 막 기온이 낮아지기 시작할 무렵에 그치지 않는 비가 들이닥쳤다는 것이었다. 그것은 곧 여름이 완전히 끝났음을 의미했다. 늘 그랬듯 기상청의 예보가 단 며칠이라도 어긋나주기를, 그래서 거리에 아직 남아 있는 열기를 단 며칠만이라도 붙잡아둘 수 있기를 바랐지만 소용없었다. 장마는 정확히 한 달을 꽉 채우고 비로소 그쳤다.

나는 한 달 동안 난생처음 비를 맞아본 사람처럼 행동했다. 출근길에 신발 하나를 고르는 데에도 많은 시간을 투자해야 했다. 밑창이 낮아 물이 스며들 수 있거나 재질이 방수가 아니라 쉽게 젖을 수 있는 것 말고, 방수용 계절화로 나온 신발들을 새로 구매했다. 장마가 이어지자 시내 곳곳의 배수구가 제구실을 하지 못했기 때문에 많은 사람들은 물이 금방 들어왔다 빠져나갈 수 있는 슬리퍼나 샌들을 선호했지만, 발을 꼼꼼하게 말리고 닦는다고 해도 오랜 시간 발에 남은 몇 방울의 냉기와 씨름해야 했기 때문에 최대한 물이 묻지 않는 쪽을 택해야 했다. 며칠 만에 몇백 킬로미터를 완주해야 하는 스포츠인들이 애용하는 사이트에 들어가, 고가의 방수 양말을 사서 신기도 했다. 한 켤레에 몇만 원이나 하고 일주일 내내 신어야 하는 걸 감안하면 족히 십수만 원은 깨진다는 부담이 있긴 했지만, 발끝부터 밀려 올라오는 냉기, 이를테면 홋카이도에서 마주했

던 그런 유의 기분을 또다시 무방비로 마주하고 싶지 않
다는 마음에 할부로 결제했다.

현관 앞에는 커다란 장우산이 늘어갔다. 그중에는 직접
산 것도 있고, 튼튼한 제품이라며 희진이 건넨 것도 있었
다. 형형색색의 장우산을 며칠 단위로 바꿔 쓰면서도, 나는
우비를 챙겨 입는 것을 게을리하지 않았다. 여태까지 나는
우비라는 건 자신의 손과 발을 제대로 가누지 못하는 영유
아나 어린이들을 위한 것이라고만 여겨왔다. 그것을 성인
이 입어도 된다고는 생각해본 적이 없었다. 하지만 성인을
위한 다양한 재질과 크기의 우비를 판매하는 사이트는 꽤
많았기에 어렵지 않게 나의 몸에 맞는 우비를 구할 수 있
었다. 우산살 사이가 넓은 장우산에 우의까지 받쳐 입고 서
있는 나는 영락없는 어린아이의 모습이었다. 행여 감기라
도 걸릴세라 내복 두 겹에 목도리 두 개, 코트와 패딩까지
겹쳐 입은, 과잉보호를 받고 있는 아이의 모습. 출퇴근을
반복하며 시시때때로 스스로의 모습을 거울로 바라보면
헛웃음이 나오기도 했다.

누가 봐도 좀 과하다 싶은 나의 차림은, 곧 주변 사람들
의 의심으로 이어졌다. 비 오는 날이 길어지고 대기의 공
기와 습도가 바뀌자 그즈음 결막염이나 피부병 등이 유행

하기 시작했는데, 그 때문에 병가를 신청하는 사람들이 사무실에 하나둘씩 늘기 시작하자 상부에서는 이례적으로 각 부서에 공문을 보냈다. 주의를 요한다는 당부와 함께, 곽 부장 말대로 하면 '영업으로 몇 개월 치 밥값을 하는' 영업 1팀과 2팀의 각별한 관리가 필요하다는 내용이 우리 부서로 전달되었다. 상부의 공문이 내려온 이후로 나는 회사 바로 앞에서 우비와 방수 바람막이, 카디건을 차례로 벗어 든 채 사람들의 시선을 의식하며 엘리베이터 버튼을 누르곤 했다.

사무실과 떨어진 곳에서 옷가지를 벗고 입으며 신경을 제법 썼지만 결국 팀 내에서 '인경 씨 조금 이상하다'는 말이 돌기 시작했고, 정 팀장과 곽 부장에게 차례로 불려 가며 '정상'임을 해명해야 했다. 건강검진 결과와 이비인후과, 안과 기록을 제출하라는 요구에 작년에 받은 검진과 진료 기록들에서 검사일만 수정해서 보고했으며, 그 기록을 조작하는 일은 우리 팀 중 유일하게 유료 문서 편집 프로그램을 가지고 있는 희진이 도와주었다. 그 프로그램은 보고서를 제출할 때 크게 눈치채지 못하도록 실적을 조금 높여 보고할 수 없냐는 쪽지와 함께, 곽 부장이 연초에 몰래 결재해준 것이라고 했다. 우리 팀 좋고, 우리 회사 좋고, 결과적으로 희진 씨도 좋은 거 아니겠어? 라고 결의에 찬 표정으로 소곤댔다며, 희진은 곽 부장의 말투를 똑같이 따라했다.

이후로 당연하게도 계속 장우산과 우비 세트를 챙겨 출근하길 멈추진 않았지만, 대신에 동선을 좀 넓게 잡고 다른 사람들과 마주치지 않도록 출퇴근 시간 또한 신경 썼다. 양말과 신발에 물이 들어올 만한 곳은 없는지, 찢어지거나 해진 곳은 없는지 꼼꼼하게 살피고 오늘 신은 것을 며칠 뒤에도 신을 수 있도록 건조대에 올려두었다. 여름철 내내 매일 달리기를 하고 돌아와 저녁에 스트레칭을 잊지 않던 것처럼 옷가지와 장비를 매일 점검하는 일은 금세 습관이 되어 크게 불편하진 않았지만, 다른 사람들의 눈을 피해 출퇴근의 동선을 미세하게 조정하는 일은 조금씩 힘에 부쳤고, 식사량이 점점 줄어가고 있음에도 불구하고 위장약을 달고 살아야 했다.

급격하게 떨어지는 식욕과는 별개로 단 음식이 당겼다. 비타민 D가 포함된 어린이용 젤리 같은 것들을 약국에서 대량 구매해 사무실 데스크에 두고 챙겨 먹었다. 젤리는 누가 봐도 아이들을 위한 것임을 직감할 정도로 눈에 띄는 현란한 디자인의 케이스 안에 담겨 있었기에 얼마 동안 팀원들의 이목을 끌었다. 그럴 때마다 케이스와 똑같은 색의 형광분홍 젤리를 통 속에서 꺼내 직원들에게 나누어 주었고, 나는 그 틈에 병원에서 처방받은 위장약을 젤리와 함께 삼켰다. 젤리가 맛있다며 매일 점심시간마다 맡긴 물건을 찾아가듯 하나씩 꺼내 먹던 정 팀장에게 젤리를 파는 약국 지도를 전화번호까지 얹어 알려주었지만, 내 메모가 적힌 종이는 이면지가 되어 나에게 돌아왔을 뿐이었다.

"그냥 부딪쳐보면 안 되겠죠?"

비가 며칠 내로 그치리라는 예보를 들은 날 저녁, 회사에서 조금 떨어진 곳에서 전복죽 포장을 기다리며, 나는 희진에게 물었다.

"부딪친다니 뭘료?"

희진은 고개를 갸우뚱했다.

"오늘 아침 뉴스, 희진 씨도 들었죠? 이번 주가 장마 마지막이라는."

"네, 그럼요. 구름이 바뀌었다나 뭐라나. 마른 태풍이 잠깐 온다고 했던가요. 어쨌든 이제 마지막이라고 하던데."

희진은 기지개를 켜며 나를 바라봤다.

"생각해보니까 비를 한 번도 맞아본 적이 없었던 것 같아서요."

"네, 아?"

비스듬하게 앉아 있던 희진이 갑자기 자세를 고치고 앉
았다. 대답도 아니고 부정도 아닌, 이상한 목소리를 내며
답을 하는 희진은 꽤 놀란 듯 보였다.

"비를요? 갑자기 왜요?"

"갑자기는 아니고, 그런 생각을 한 지는 좀 되었는데, 한
번도 해본 적이 없어서요."

걸터앉은 의자에 맺혀 있는 빗방울 몇 개를 손가락으로
눌러 치우며, 나는 말을 이었다.

"비가 그치고 나면 분명 더 추워질 텐데, 추운 날씨가 오
기 전에 그래도 한 번쯤은 적응 삼아 시험해보는 것이 좋
지 않을까, 그냥 그런 생각이 들어서요."

빗방울에 집중하다가 고개를 들어 희진을 봤다. 그녀는
눈을 동그랗게 뜬 채 입을 벌리고 나를 바라보고 있었다.
놀랐다기보다는 뭐랄까, 좀 어이없다는 표정에 가까운 느
낌이었다. 저 표정을 아주 오래전에 본 적이 있었다.

"희진 씨, 그때 베트남에서 제 팔을 잡던 그 표정이랑 똑
같네요, 지금."

희진은 당황한 기색이 역력한 모습으로 재빨리 얼굴을

좌우로 털었다.

"아, 그게 아니라 너무 놀라서요. 인경 씨 혹시 그동안 무슨 변화라도 있었어요? 아니면 다시 체온이 돌아왔다거나, 추위를 덜 탄다거나……."

"저도 그런가 싶었는데, 딱히 변한 건 없고요. 그냥 비를 오래 보다 보니까, 지금까지 냉탕에 들어가본 적도 없고 비를 맞을 시도도 해보지 않은 것 같아서."

"그러니까, 왜요?"

희진은 재차 물었고 주문한 전복죽을 가져가라는 가게 주인의 말에, 대화는 잠시 끊겼다가 다시 바깥에서 이어졌다. 나는 가게 앞에 서서 접어놓았던 우비를 펴 입고 발등에 걸린 운동화 끈을 다시 꼼꼼히 안쪽으로 집어넣은 다음 우산을 펼쳐 들었다.

"그래서 물어보는 거예요, 물어볼 사람이 없어서. 어떨까 하고."

희진은 예의 동그랗게 뜬 눈을 깜박거리며, 자신의 우산은 쓰는 둥 마는 둥 하고 내 우산 안쪽으로 깊숙이 몸을 밀어넣었다.

"그러다 잘못되면 어쩌려고요. 그냥 세면대나 욕조 이런 곳에서 시작하면, 아니 그러다가 사고라도 나면 또 어쩌려고요."

　지난봄 뜨거운 사우나실을 찾아다니며 하얀 타일로 둘러싸여 있는 냉실이나 냉탕에 이따금 발이나 몸을 담가보고 싶은 충동을 느끼지 않은 건 아니다. 차가운 물에 손을 넣거나 찬물로 세수를 한다는 행위 자체에 대한 공포나 추위에 대한 두려움 또한 여전히 남아 있지만 그래도 한 번, 그것도 잠시 동안은 괜찮지 않을까 하는 생각이 자꾸만 머릿속을 지배해왔다. 언젠가 동남아시아 출장에서 봤던 도마뱀처럼 꼬리를 자르고 달아나도 적당히 아물 때까지 기다리면 될 것이라는, 그리고 그 정도의 시간들을 버티며 단련하면 나도 무언가 달라지지 않을까 하는, 그런 생각을 했다.

　희진은 예상대로 펄쩍 뛰었다. 인경 씨, 홋카이도 다녀오고 나서 그랬잖아요, 힘들어지기 시작했다고. 지금도 힘들게 버티고 있잖아요. 지하철역에 다다를 즈음 희진의 오른쪽 어깨는 완전히 젖어 있었지만 희진은 알아차리지 못한 것 같았고, 나는 그 시간 동안 그녀의 걱정 어린 말들을 반복해서 들어야 했다.

　빨리 집에 들어가라며 희진의 등에 떠밀려 지하철 맨 앞 칸에 오르고 나서, 멀어지는 희진의 얼굴을 바라보며 나는 생각했다. 희진이, 아니면 내가 그러니까 어쩌면 우리가 잘못 알고 있는 게 아닐까. 사실 그 정도 버틸 힘이 있는데도 내가 몰랐던 것은 아닐까. 어쩌면 그사이에 나도 조금은 상황이 나아진 것은 아닐까. 그동안 몸에서 느껴지는 미세한 고통에 초점을 맞추고 사는 걸 당연하게 여겨왔는데, 이제야 그 고통을 이겨낼 수 있을 것 같다는 자신감이 느껴지는 것은 왜일까.

나는 집 앞에 다다라 잠시 생각했다. 어떻게든 답답함을 해결하고 싶었다. 아주 잠깐, 아주 잠깐이라면.

불현듯 지금까지 보았던 수많은 유튜브 영상과 포털의 기사 그리고 다큐멘터리의 조각들이 머릿속에서 짧은 순간 떠올랐다. 그래도 나는 어쨌든 '인간'이니까 다르지 않을까. 머리를 덮고 있는 우산 위로 빗물이 톡톡 소리를 내며 일정하게 떨어지고 있었고, 나는 슬며시 우산을 기울여 비를 내 쪽으로 조금씩 떨어뜨리기로 했다. 핸드폰과 지갑을 주머니 깊숙한 곳에 넣고, 한쪽 손은 우산을 여전히 든 채로, 천천히 묵직한 비닐봉지를 잡고 있던 손을 우산의 기울기에 맞춰 앞으로 뻗었다.

물방울은 생각만큼 차갑지 않았다. 나무나 벽을 타고 흘러내리는 것이 아닌, 하늘에서 떨어지는 그대로의 빗물이었기 때문에 그 온도를 미세하게 느낄 수 있었다. 손바닥에서 손등으로, 손등에서 다시 팔목으로, 나는 끼고 있던 장갑을 벗고 우비를 반쯤 걷어올린 채 팔목 안쪽으로 들어오는 미지근한 물방울이 옷을 적시는 기운을 느끼고 있었다. 작은 소름이 한 번 등줄기를 타고 올라왔지만 참을 만하다 싶었다.

순간, 우산을 들고 있던 손의 무게를 버티지 못해 나는 한쪽으로 주저앉다시피 몸을 기울였다. 반쯤은 더 바닥으로 기울게 된 우산의 균형을 맞추기 위해 나는 오른쪽으로 허리를 숙였고, 그러자 이내 많은 양의 빗물이 왼쪽 머리와 팔다리 안쪽을 적셨다. 그러자 바로 그때부터, 정확히는 빗물이 목 아래 축을 타고 몸 안쪽으로 흘러들어가기 시작한, 그 순간부터 내가 지금까지 피해오려고 갖은 애를 쓰며 노력했던 그 끔찍한 한기가 몸 안쪽부터 밀려오기 시작했다.

처음 겪어보는 것은 아니었지만 너무도 오랜 시간 동안 피해왔던 그 통증과 냉기 때문에, 나는 소스라치게 놀랐다. 왼손 끝에서부터 부분적으로 감각이 사라지는 것을 뒤늦게 알아채게 되었고, 왼손을 마음대로 움직일 수 없다는 생각이 들었을 때 손가락 끝에 간신히 걸려 있던 하얀 비닐봉지가 바닥에 그대로 떨어졌다.

픽.

플라스틱 뚜껑이 벗겨져 바닥에서 빗물과 함께 분해되고 있는 진득한 밥알과 작은 전복 덩어리, 채소를 바라보면서 그제야 뒤늦게 후회가 몰려오기 시작했다. 우산을 잡고 있는 오른손이 부들부들 떨려왔지만 아무것도 할 수 없었다. 왼손 끝과 목덜미의 틈새로 흘러들어온 빗물 방울들이 완벽하게 방수와 방풍 처리가 되어 있는 옷감 안쪽으로 쌓이며 바닥에서부터 내 몸을 적시고 있었다. 그 냉기가 온몸을 지배하기 전에 어서 집으로 들어가야 한다는 생각을 미친 듯이 하면서도, 나는 움직일 수 없었다.

지나가던 사람의 부축을 받아 간신히 집에 다다랐을 때까지 왼손과 왼팔의 감각이 없었다. 구급차를 부르려고 핸드폰을 꺼내던 그 사람을 필사적으로 막으며 집이 이 앞이라며 가까스로 웃음을 쥐어짜내던 힘은 현관문을 닫자마자 완전히 사라져버렸다. 나는 감각이 사라지고 있는 왼편을 가까스로 욕실 쪽으로 옮기며, 줄곧 마른침을 삼켰다. 목구멍 안쪽에 커다란 알약이 넘어가지 못한 채 멈춰 있는 기분이 들었고, 동시에 구역질이 밀려왔다. 욕조 구멍을 막고 뜨거운 물을 틀고 나서 욕조 안으로 미끄러지듯 들어갔다. 저릿한 통증이 왼팔 끝에서부터 어깻죽지까지 이어졌고, 오른팔로 왼팔을 최대한 감싼 채, 물이 욕조에서 넘쳐 바닥으로 흘러가는 소리를 들으며 한참을 그대로 멈춰 있었다.

팔의 감각이 원래대로 돌아오고 나서야 그 죽집이 맛집이라고 하던데 맛이 괜찮았는지 묻는 희진의 문자를 확인할 수 있었다. 나는 별다른 답을 할 수 없어 'OK' 이모티콘만을 눌러 보냈고, 그 뒤로 사흘 동안 더 이어진 장마에 나는 무릎 끝까지 올라오는 토시와 커다란 장화를 신고 한순간도 장갑 밖으로 손을 빼지 않은 채 집을 나섰다.

장마가 끝났고 가끔씩 환기를 위해 열어놓곤 했던 창문은 굳게 잠겼다. 주말에도 외출하는 일은 거의 없었다. 가끔씩 생필품을 사러 잠시 밖에 나갈 때면 얇은 패딩을 꺼내 니트 두 겹과 함께 겹쳐 입고 집을 나섰는데, 이상하게 보는 사람들의 시선 때문에 늘 마스크를 챙겨 쓰며 감기 환자 행세를 해야 했다.

당산철교 근처에서 희진과 만나 맥주를 마시거나 퇴근 후에 식당을 함께 가거나 하는 일은 거의 없어졌다. 사무실의 평균 온도는 다른 곳보다 늘 높았으므로 일하는 중

에 문제 될 일은 없었지만, 출퇴근으로 길거리와 대중교
통을 이용하는 것만으로도 이미 에너지를 빼앗겨 그저 빨
리 집에 들어가고 싶은 마음만 가득했기 때문이다. 희진과
직접 대면하는 일은 적었지만 주말에 가끔 희진은 따뜻한
음식을 들고 집으로 찾아왔으며 나는 이불을 뒤집어쓴 채
희진을 창가 소파 자리로 안내하기도 했다. 웃고 떠드는
일이 많이 줄었지만 희진과의 대화는 늘 재미있었다. 희진
이 선물해준 우스꽝스러운 이모티콘을 사용해가며 회사
에서 미처 하지 못했던 말들을 나누는 것은 여전히 습관
처럼 일상에 자리 잡혀 있었다.

　방에 틀어박혀 모포와 이불 속에서 나오지 않는 나를 위
해, 희진은 이따금씩 공원이나 산에서 찍은 사진을 보내주
곤 했다. 한강에서 자전거를 타고 이전에 함께 지나갔던
곳이라며 보낸 사진, 롯데월드에서의 대학 동기 모임 사진,
아차산 산책 사진, 가기 싫었다던 사촌의 결혼식 사진 등
에서 볼 수 있는, 예전보다 훨씬 바빠 그리고 쾌활하게 움
직이는 희진의 모습은 나에게 꽤 많은 위안이 되었다. 마
치 지구의 형형색색을 그리워하는 우주비행사의 마음으로
주말이면 침대에 누워 그녀가 보내올 바깥세상의 사진들
을 기다렸다.

전기 포트로 끓여낸 따듯한 물을 보온병에 소분해 담으며 그 사진을 하나씩 저장했다. 사진 속의 수많은 희진들은 여전히 반팔 차림이었다.

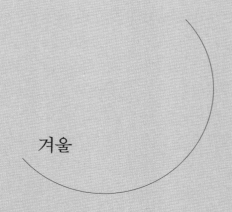

겨울

"안 되겠어요. 더 이상 못 참겠어요."

일주일 뒤 첫눈이 내린다는 소식이 뉴스에서 흘러나오고 있었다. 덜덜 떨리는 손으로 간신히 핸드폰을 붙들고 그녀에게 말했다.

"정말로, 더는 못 버티겠어요."

말끝에서 눈물이 맺혀 나올 것 같았다. 떨리는 내 목소리도 희진에게 고스란히 전달되었을 것이다.

"일주일 내내 감기약을 먹은 것처럼, 자꾸 잠이 와요."

희진 씨, 내 말 듣고 있죠? 마른침을 계속해서 삼키며 희진의 이름을 불렀다. 희진 씨, 그동안 고마웠어요. 하지만 더는 안 될 것 같아요. 그러니까 내 말은……. 목이 잠겨 옆에 널브러져 있는 생수통 하나를 꺼내 들어 조심스럽게 몇 줄기의 물을 입 안으로 흘려보냈다. 차가운 얼음장이 목에 박히는 것 같은 느낌이 들었다. 갓 끓여낸 뜨거운 물은 좀 다를까. 아니, 그랬다간 목구멍을 데어 큰일이 날지도 모른다. 도리질을 치며 생수통 뚜껑을 닫는 둥 마는 둥 던져놓고 또다시 침을 꿀꺽 삼켰다. 눈물을 가까스로 참고 있었다.

"몸도 좀 움직여보고, 좀 뛰어도 보고, 다 했어요? 그래도 마찬가지예요?"

유례없는 한파가 시작될 것이라는 보도와 희진의 말이 뒤섞이고 있었다. 희진도 같은 뉴스를 듣고 있는지 알 수 없었다. 나는 콧물인지 침인지 분간할 수 없는 덩어리들을 목구멍 깊숙이 삼킨 채 고개를 세차게 끄덕이며 대답했다.

"네, 네, 네. 다 해봤어요. 소용없어요."

시야가 갑자기 부옇게 흐려졌다. 눈가를 몇 번 쓸어내리고 모니터 화면에 집중했다. 평정을 찾으려고 노력했는데, 희진의 걱정 어린 몇 마디에 마음 깊은 곳이 무너져 내리는 것 같았다. 세 계절을 지나는 동안 땀과 함께 눈물도 사라졌을 것이라 생각했는데 이상하게도 눈물이 멈추지 않았다. 하, 하고 헛웃음을 지으며 볼 언저리를 닦았다.

"그럼 이제 준비해요, 우리."

희진이 차분한 목소리로 말했다. 나는 자주색 모포 위로 눈물을 떨구며 고개를 두 번 끄덕였다.

창을 하나씩 뜯어 방풍지와 단열재로 둘둘 싸매고 난 후에 집 밖에서 들리는 소음이 완전히 들리지 않게 되었다. 희진은 거의 진공상태나 다름없는 내 집을 판타지 영화에나 존재할 것 같은 '비밀의 방' 같다고 말했다. 아무도 들어오지 못하고 쉽게 찾을 수 없는, 오로지 열쇠를 가진 몇 사람에게만 출입이 허락된, 비밀로 둘러싸인 마법의 방. 그 방에 들어올 수 있는 건 방의 주인인 '나'와 방 주인의 친구인 '자신'뿐이라며 희진은 나와 스스로를 번갈아 손가락으로 가리켰다.

비밀의 방은 완공되자마자 빠른 속도로 무너져 내렸다. 거의 완벽하게 외부의 추위를 차단했다 생각했기에 한 줌의 바람도 허용하지 않고 완전한 안전 속에서 지낼 수 있을 것이라 생각했다. 하지만 내 생각보다 겨울이 빨리 찾아왔고 서늘하던 날씨는 곧 영하 언저리를 찍기 시작했다. 밖에서 치고 들어오는 공기를 막을 수는 있었을지언정 사방의 벽에서 새어 나오는 냉기는 막지 못했다. 난방 텐트도 극세사로 만들어진 두터운 모포도 소용없었다.

참을 수 없었던 것은 다른 사람들 그 누구도 느끼지 못하는 추위가 나에게만 작용되고 있다는 사실이었다. 희진의 경우는 그러려니 했지만 다른 어느 누구도, 내가 느끼는, 말 그대로 '살을 에는' 냉기를 실감하지 못했다. 추위를 제법 많이 타 매 겨울 힘에 부친다고 푸념했던 여행 2팀의 몇몇 직원들은 몸이 너무 약해진 것 아니냐며 오히려 나를 걱정했다. 그 정도는 아닌데요, 대리님. 병원 가보셔야 하는 거 아니에요? 여성 건강이나 빈혈, 저혈압에 좋은 즙이나 비타민 등을 자리에 놓아두고 가는 직원들도 있었다. 나는 두꺼운 목도리를 목에 친친 두른 채로 그것들을 바라보았다.

아침마다 서너 겹의 히트텍과 그 위에 기모나 융 재질의 카디건이나 후드를 입고 나서도 밖에 나가는 일은 고역이었다. 인터넷으로 겨울옷과 방한용품을 제법 많이 샀다고 생각했으나 언제나 모자란 느낌이었다. 여름옷에 비해 부피도 크고 묵직한 옷들을 넣어둘 곳이 없어 매트리스 근처에 대충 쌓아둔 채 지냈다. 빨래를 하기 위해 이따금씩 전에 입은 옷을 찾거나 할 때 한참을 그 옷더미 속에서 허

우적거리곤 했다.

혼자 세탁기에 옷을 집어넣고 다시 건조대에 걸고 하는 간단한 행동조차 버겁다고 느껴질 무렵부터는 아무렇게나 널브러져 있는 옷가지를 정리해 최대한 세탁하지 않고 활용할 수 있는 옷을 찾아 입기 시작했다. 출근을 하지 않는 주말에야 어떻게든 버틸 수 있었지만, 남들 눈을 의식하지 않을 수 없는 평일에는 사정이 달랐기 때문에 빨래를 줄이는 대신 더 많은 저렴한 한철 옷들을 인터넷으로 사들였다.

대중교통으로 왕복 30분 남짓 걸리던 출퇴근길은 왕복 두 시간이 넘는 길로 변했다. 특히 출근을 준비하는 시간은 가장 고역이었다. 평소 기상 시간보다 한 시간 반이나 일찍 일어나 준비를 해도 늘 임박해 출근하곤 했다. 잠옷을 갈아입지 못한 채 그 위에 겉옷들을 껴입고 출근하는 날이 늘어났다.

집에서는 전열기를 최대한도로 틀어놓고 온풍기를 옆에 둔 채 전기장판 안에서만 생활하고 있었으니 버틸 만했다. 문제는 일을 계속해야만 집에서의 그런 생활이 유지된다는 것이었다. 일을 쉰다는 것은 더는 전기세나 난방비를 매달 감당할 수 없게 된다는 의미였다. 퇴직금을 받아 지

출을 충당한다고 해도 오래가진 못할 것이다. 권고사직이
아닌 자진퇴사라면 제약이 더 심해지리라는 사실을 여러
번의 계약직 경험으로 잘 알고 있었다. 단 한 번도 일을 그
만두겠다는 마음을 가진 적은 없었다. 지금의 직업이 언제
나 나의 적성에 꼭 맞다고 생각했다. 그렇기 때문에 이런
걱정을 하는 스스로가 굉장히 이질적이라는 생각을 하면
서도, 버틸 만큼 버티다 더 이상 버티지 못하게 될 경우에
대비해야 한다는 양가감정 속에 한 달을 보냈다.

　되돌아보면 고작 한 달, 그 한 달 동안 상황이 더 나빠지
리라곤 생각하지 못했다. 하지만 나는 빠르게 기력과 기운
을 잃어갔다. 손가락이나 발가락 끝이 아려오는 일은 대
수롭지 않게 일어났고 종종 머리가 멍해지는 느낌이 들어
모니터 앞에서 아무것도 하지 않은 채 한참 동안 앉아 있
기만 하다가 정 팀장에게 몇 마디 잔소리를 듣는 일도 늘
어갔다. 느려진 걸음만큼 일상생활에서의 행동이나 말도
느려져 그즈음 회사에선 내가 백혈병이니 조류인플루엔
자니 하여간 알 수 없는 질병에 걸렸다는 소문이 파다했
다. 가을께부터 알약과 비타민 젤리, 레토르트 보양식 등
을 사무실에서 챙겨 먹었던 일은 '그때부터 뭔가 좀 이상
했다'는 심증의 빌미가 되었고 결국 소문은 나를 벼랑 끝

184

으로 몰고 갔다.

회사 내규를 살펴보고 나서 희진으로부터 건네받은 휴직계 파일을 작성하는 데에도 꼬박 사흘이 걸렸다. 승인을 받을 수 있을지 여부는 불투명했다. 지금까지 장기 휴직계는 출산을 앞둔 사람들만 사용할 수 있었고 그마저도 눈칫밥을 먹어가며 제출했다. 그 사람들이 다시 회사로 돌아왔을 때 어떤 어려움을 겪었는지는 어깨너머로 줄곧 보아왔다. 출산이나 교통사고가 아닌 단순 병가만으로, 그것도 대형병원이나 대학병원의 정밀 소견서도 없이 받아들여질 수 있을까 하는 걱정이 들었다. 하지만 더는 지금의 내 상황을 다른 사람들에게 들키지 않으며 직장 생활을 할 능력이 없다고 판단했다. 무엇보다 이대로라면 지금까지 쌓아놓은 평판도 계속 깎이게 될 것만 같았다.

어렵게 제출한 휴직계는 정 팀장의 손을 거쳐 곽 부장에게 빠르게 전달되었다. 퇴사 아닌 퇴사가 결정되기까지 그리 많은 시간이 걸리지 않았던 건, 아마 몰라볼 정도로 초췌하게 변해버린 내 몰골 때문이었을 것이다. 이런 날이 올 것 같아 준비해두었던 그럴싸한 거짓말을 뱉을 힘조차 남아 있지 않았다. 나는 그저 '아프다'라는 세 음절만으로 곽 부장과 인사 과장과의 미팅을 마쳤다. 인사 과장은 시

종일관 미간을 찌푸린 채 나를 바라보았다. 인사 과장을 만나는 것은 입사 이후 처음이었다.

"휴직이 될지 퇴사가 될지 아직 모르겠지만. 그래도 근태도 괜찮았고 곽 부장도 이렇게 부탁하니까 봐주는 거예요."

인사 과장은 떨떠름한 얼굴로 내가 제출한 한 달 반짜리 휴직계를 반으로 접어, 검은색 파일 속으로 밀어넣었다.

"그리고 그 얼굴을 해서 어디 영업이 되겠어요. 아픈 것부터 빨리 해결하고 오시든지 하세요. 병원 기록도 제출하고."

요즘 세상에 밥그릇 맡아주는 곳이 어디 흔한가, 탄식을 하며 고개를 젓는 그에게 허리를 90도로 굽혀 꾸벅 인사를 했다. 빨리 해결될 일도 아니고 물론 병원 기록도 제출할 수는 없겠지만, 일단 몇 개월, 아니 몇 주라도 자리를 유지해둘 수 있는 구실이 필요했다. 종종 재택근무로 콘텐츠 만드는 일 따위를 도울 수 있을 테니까. 그간 연차 한 번 제대로 쓰지 못하고 이리저리 끌려다니며 스케줄을 소화한 덕을 이제야 보게 되는 것 같았다.

미간을 있는 대로 찌푸리며 미팅을 마무리 지으려는 인사 과장은 내게 더 할 말이 있냐고 물었다. 내년 3월이면 다시 예전처럼, 아니 2월만 되어도 다시 뭐든 잘할 수 있을 거라고, 인사과에 이름이 오르내리지 않는 평범한 사원으로 다시 돌아올 수 있을 거라고, 나는 다급하고 억울하게 그 말들을 속으로 집어삼키며 고개를 천천히 가로저었다.

하루 24시간을 집에서 보내며 유일하게 연락하고 지내는 사람은 희진밖에 없었다. 하지만 그마저도 예전 같지 않았다. 희진이 보내는 메시지를 바로 읽고 그녀와의 이야기를 실시간으로 이어갈 수 없는 상태가 되었기 때문이다. 나는 태어난 지 얼마 되지 않는 강아지처럼 길고 얕은 잠을 자기 시작했다. 자고 일어나도 눈꺼풀 가득 졸음과 피로가 몰려왔고, 종일 사무실에서 지낼 때에도 생기지 않던 안구건조증에 시달리며 인공눈물을 수시로 눈에 넣어야 했다.

기모로 만든 안대와 전자레인지에서 갓 돌려낸 팥 주머니와 핫팩을 하며 암막 커튼인지 모포인지 분간이 가지 않는 무겁고 두꺼운 재질의 담요를 덮고, 그렇게 몇 시간이고 자고 일어나야만 조금이나마 움직일 힘이 생기는 것 같았다. 그마저도 불이 나지 않도록 전열기의 온도를 조절하고 희진에게 메시지를 보내거나 보온병에 따뜻한 물을 담아 협탁에 올려놓는 등의 행동을 하며 전부 소진하곤 했지만 말이다.

할로겐전구를 사면서 함께 주문해두었던 생필품과 음식은 거의 손도 대지 않아 그대로 자리하고 있었다. 대부분 전자레인지에 돌리거나 뜨거운 물만 부으면 간편하게 먹고 마실 수 있는 즉석 제품이었지만 그즈음 아주 작은 알약도 간신히 삼킬 수 있을 지경이 되었기 때문에 희진이 방문할 때마다 음식들 대부분을 희진에게 들려 보냈다. 가끔씩 찬장 깊숙이 놓인 빨간 라면 봉지나 초록색 맥주캔 등을 보며 그것들의 맛을 되새김질해보곤 했지만, 그뿐이었다. 내가 삼킬 수 있던 것은 설탕과 소금이 약간씩 첨가된 미지근한 보리차뿐이었고, 그 이상의 무언가를 시도하고 싶은 생각도 들지 않았다.

먹는 일도 줄고 화장실에 가는 일도 줄었기 때문에 종일 고작 몇 걸음 움직이는 게 일과의 전부가 되었다. 생리는 지난 10월부터 하지 않았고, 생리 불순이 생기기 시작한 달에 생리통이 한 차례 나를 괴롭혔으나, 곧 그 고통도 사라졌다. 핸드폰은 늘 꺼지지 않도록 침대 바로 옆까지 오는 긴 콘센트를 사서 설치했고, 잠에서 깨어 있는 아주 약간의 시간 동안 희진에게 메시지를 몰아 보내곤 했다. 그럴 때면 몇 초 지나지 않아 내가 보낸 메시지에 달라붙은 '안

읽음' 표시가 금세 사라졌고, 희진은 나에게 이틀, 사흘, 나흘 치의 걱정을 늘어놓곤 했다. 잘 잤죠, 어디 아픈 데는 없죠, 언제든 불편하면 말해요. 깜박이는 희진의 메시지와 그간 희진이 보내둔 사진이나 그날의 이야기들을 모두 꼼꼼히 올려 '읽음' 처리하고 나면, 졸음이 다시 쏟아졌다. 메시지 창을 열어둔 채 잠에 빠진 날들도 적지 않았다.

잠이 오고 졸린 건 당연한 현상이라고 생각했지만 졸음이 찾아오는 빈도수가 잦아지고 길어지니 두려움이 생겼다. 수면제를 먹고 잠에 든 것처럼 전날에 무엇을 했고 희진과 무슨 대화를 했는지 전혀 기억이 나지 않는 상황이 반복되자, 갑자기 쓰러져 눈을 영영 뜨지 못하게 되는 망상과 악몽에 시달렸다. 옷을 갈아입을 힘도, 무언가를 먹고 싶다는 생각도 이미 사라진 지 오래였다. 하지만 정신만은 이따금 또렷해져 앞으로 찾아올 끔찍한 상황을 떠올리게 하는 데에 일조했다. 난방기구를 켠 상태로 잠이 들어 과열로 인해 집이 모두 타버리는 상상, 어느 날 갑자기 중앙난방이 고장 나버려 방 전체가 얼음장이 되는 상상, 강도나 살인자가 침입해 집 안을 난장판으로 만들고 나를 해치는 상상……. 그런 상황이 닥쳐도 지금의 몸으론 아무것도 할 수 없을 것이라는 무력감이 들었다. 그것은 곧 공포로 다가왔으며, 공포를 막기 위해서 할 수 있는 일 또한 아무것도 없었다.

　잠이 들기 직전이면 찾아오는 공포와 악몽에 대한 걱정을 떨쳐내기 위해 습관적으로 컴퓨터를 켠 채 잠을 청했다. 자기 직전까지 주로 다큐멘터리 채널을 시청하곤 했다. 사바나의 멸종 위기종들, 해양생태계가 파괴되어 죽어가는 혹등고래, 무지개색의 산호초, 마이크로 카메라로 촬영한 희한한 형태의 땅속 곤충들. 단 한 편의 에피소드도 끝까지 보지 못하고 잠에 빠져들곤 했지만 그것들에 대한 잔상은 머릿속에 남아 꿈을 통해 이어졌다. 하지만 그마저도 언제나 악몽으로 갈무리되었고, 나는 늘 식은땀을 흘리며 선잠도 숙면도 아닌 이상한 몽롱함과 누적된 피로 속에서 눈을 떠야만 했다. 초원을 한가롭게 누비는 티벳여우에게 갑자기 지진과 용암이 덮친다든지, 꼬리를 물고 잠을 청하던 설표가 거대한 검은 빙하 안쪽으로 순간이동되어 고통에 울부짖는다든지 하는 상식 밖의 끔찍한 설정들이 매일 나를 괴롭혔다. 꿈의 시작은 초록 평야와 푸르른 바다였지만, 꿈의 마지막은 늘 잿빛 폐허로 끝났으며 나는 그 폐허 한복판에서 어김없이 눈을 떴다.

　몸에 맞지 않는 약을 먹은 듯 두통과 악몽을 겪다가 문득 오래전에 유튜브 채널에서 한 번 보고 대수롭지 않게 넘겼던 영상들이 생각났다. 이대로라면, 이대로 살 수밖에 없게 되어버린다면 나도 언젠가 한 번쯤은 겪어야 하지 않을까, 짧은 생각으로 스쳐 보냈던 그것. 정말 이렇게 눈을 감을 수밖에 없다면, 내 의지로 할 수 있는 일이 모두 사라진다면, 그 전에 단 하나 반드시 해야만 하는 일이 있음을 직감했다. 그리고 그 일은 나 혼자서 해결할 수 없는 것이었다.

최첨단 세상이니 21세기니 뭐니 해도, 결국 이렇게 될 수밖에 없었나. 나는 눈물을 훔치며 핸드폰을 들어 단축키 1번을 길게 눌렀다. 예상대로, 희진은 두 번째 연결음이 들리기 전에 가쁜 숨을 내쉬며 전화를 받았다. 인경 씨, 괜찮아요?

*

첫눈이 내린다는 바로 그날이다. 날씨가 급격히 추워졌기 때문에 눈 예보는 일주일에서 닷새로, 닷새에서 나흘로 앞당겨졌다.

동면을 하기로 결심한 날부터 희진은 남은 연차를 털어

나를 도왔다. 희진과의 통화를 마치고 나는 쓰러질 듯 잠이 들어 좀처럼 기운을 차릴 수 없었기 때문에, 필요한 절차는 전부 그녀가 도맡아 해주었다. 꽤 오래전부터 준비하거나 생각하고 있었다는 듯, 희진은 능숙하게 그 일들을 처리했다.

특별하고 대단한 것은 아니었다. 그저 잠이 들어 오랜 시간 추위를 피한 후 날씨가 따듯해지고 햇살이 충분해질 때쯤 일어나면 되는 것이었다. 집에서 변온동물을 키우는 대부분의 사람들은 일부러 동면의 조건을 만들어주고 1년에 한 번쯤은 쉬게 해주어야 더 건강하게 자랄 수 있다고 이야기하곤 했다. 그냥 무심하게 아무 일 없이, 그렇게 한 겨울 한 철만 나면 된다고 했다. 그것을 당연한 일이라고 그들은 표현했다. 사람도 동물처럼 겨울을 날 수 있으면 얼마나 좋겠어요, 롱패딩값도 굳고 말이죠.

그렇다. 문제는 내가 동물이 아니라 사람이라는 것이었다. 저들에겐 자연스러운 일이었지만 나는 단 한 번도, 정말 1초도 생각해보지 못했던 일을 처음 해야 한다는 것이 난점이었다. 나뿐만 아니라 나와 비슷한 전 인류가, 단 한 순간도 고려해본 적이 없었을 행동을 어쩌면 내가 인간 최초로 해야 한다는 것이 문제였다. 이런 생각을 하면서 비

장해지는 내 모습이 스스로 몹시 우스웠지만 하루하루가
다르게 약해져가는 몸 상태를 가까스로 지탱해가며 이제
선택의 여지가 없다는 생각을 확고히 다졌다.

내가 두꺼운 모포를 두르고 침대에 누워 있을 동안 희진
은 바삐 움직였다. 그녀는 내가 오랜 시간 동안 숨죽여 누
워 있을 곳을, 어쩌면 내 마지막이 될지도 모르는 공간을
다져주었다. 방 전체를 동굴처럼 만들자는 의견, 그냥 이
대로 집을 봉인해서 침대 위에 모포를 둘러놓고 둥지처럼
만들자는 의견 등 여러 아이디어가 희진으로부터 나왔다.
나에게 달리기를 제안했던, 여름 언젠가의 그때와 꼭 같은
표정으로 말이다.

우리가 최종적으로 선택한 것은 600리터짜리 냉장고 박
스였다. 내가 안에 들어가 조금씩 움직여도 어느 정도 공
간이 남는, 그런 넉넉한 포장재 같은 것을 생각하다가 희
진이 냉장고 박스를 떠올렸다. 무작정 침대에서 자는 것은
여러 위험에 대비하기 어렵고 위험했다. 희진은 냉장고 박
스 정도 크기라면 단열재를 붙이고 사방으로 보온이 되도
록 부자재를 집어넣는 일이 어렵지 않을 것이라고 말했고
나도 희진의 의견에 동의했다.

가전 매장에 구비된 냉장고 박스를 가져오는 일도, 그 박

스를 채울 물건들을 사 오는 일도 전부 희진이 도맡아 했다. 외출은 생각도 하지 못했기에 나는 희진이 집으로 그 박스를 나르고, 박스 내부를 견고하게 다지고, 단열재를 꼼꼼하게 정비하는 모습을 그저 바라보고 있어야 했다. 희진은 나를 창가에서 멀리 떨어진 곳에 위치한 소파로 안내한 후, 방의 거의 한가운데 있던 침대를 창가 쪽으로 밀었다. 그녀는 침대에서 매트리스를 꺼내 뒤집어 바닥에 놓은 후 그 위에 빈 냉장고 박스를 올리고 내부를 다지기 시작했다.

"어렸을 때 보육원 봉사활동 가면 애들하고 이런 거 만들고 놀았던 생각이 나네요. 보육원 원장님이 돈 굳었다고 좋아하고, 애들도 상자로 만들어진 집이 헨젤과 그레텔에 나오는 그 집 같다고 박수 치곤 했거든요."

희진은 커다란 방풍지와 에어캡을 조각내어 능숙하게 오려 붙였다. 내려앉을 위험을 대비해 천장은 방풍지만 두 번 발라 붙이고 바닥에 위치한 넓은 면에 대부분의 재료들을 투입했다. 에어캡이 뜯어지거나 해지지 않도록 희진은 꼼꼼히 모든 모서리를 확인하며 테이프와 실리콘을 붙였다. 냉장고 박스는 희진이 푸닥거리며 작업해도 좁거나 갑갑하게 느껴지지 않을 정도로 넓었다. 집 안에서 부산하게 움직이는 희진을 바라보며 나는 졸며 깨며를 반복했다.

눈을 감았다 뜨면 빳빳한 신문지가, 다시 눈을 감고 또 뜰 때는 쌓아둔 새 모포들이 박스 안으로 사라졌다.

방구석에서 모포를 끼고 앉아 미동도 하지 않은 지 이틀 정도 되었다고 생각했는데, 희진은 벌써 사흘이 지났다고 말했다. 집 안으로 바깥의 빛이 전혀 들어오지 않게 된 것도 오래전부터였고, 방 안을 가득 채운 어둠에 익숙해지기 위해 안대를 쓰고 자는 버릇을 들인 지도 오래였기 때문에 나에겐 해가 지고 뜨는 것에 대한 감각이 남아 있지 않았다. 숨을 쉬는 일조차 힘들다고 느껴지던 그날, 첫눈 예보가 사흘은 바로 앞당겨진 날, 희진은 나를 깨워 모든 준비가 끝났다고 말했다.

그리고 지금 흐린 눈을 가까스로 뜨고 있는 내 앞에, 그녀가 앉아 있다.

"고생 많았어요."

"고생은요, 희진 씨가 했지."

"제가 들어가서 누워보고 이것저것 체크했는데, 제 땀이 좀 묻어 있을지는 몰라도 아늑할 거예요."

"그럼, 당연하죠. 희진 씨가 만든 건데. 희진 씨가 다 해주었는데."

희진은 어깨를 토닥이며 내 목 아래에 흘러내리고 있는
목도리를 들어 두어 번 감아주었다.

"희진 씨."

"네, 인경 씨."

"자고 일어나서 아무것도 없으면 어쩌죠. 오늘이 내 마
지막 날이라면 어쩌죠. 실은 내가 태어날 때부터 이 겨울,
서른세 번째의 겨울에 떠나도록 되어 있는 시한부 인생이
었다는 걸 모르고 살아온 것이라면 어쩌죠."

"저렇게 튼튼한 집이 있는데 무슨 걱정이에요. 들어가서
어서 쉬어요. 아무 생각 하지 말고."

희진은 손에 들고 있던 바셀린을 꺼내 나의 마른 입에
발라주었다.

"자주 올게요. 와서 잘 지내는지 볼 거예요. 딴생각은 하
지 말고, 편히 눈만 감고 지내요."

"희진 씨, 고마워요. 희진 씨가 없었으면 어땠을까. 나는
이미 죽었겠죠."

"죽는다는 말 하지 말아요. 그냥 자는 것일 뿐이니까요.
세상 사람들 다 부러워하는 동면, 그거 인경 씨가 지금 하
고 있는 거라고요. 전 세계 넘버 원으로."

희진은 활짝 함박웃음을 지으며 나의 어깨를 부드럽게

쓰다듬었다. 온몸에 감각은 이미 사라진 지 오래지만, 두껍게 몇 겹 쌓아올려 덮은 담요들 사이에서, 그녀의 덥고 따듯한 기운이 옅게 느껴졌다.

"희진 씨가 잠들고 나면, 난방 온도만 지금처럼 맞춰두고 전기코드 같은 것들은 전부 뽑아둘 거예요."

"핸드폰은 말한 대로."

"네, 핸드폰은 제가 가지고 있다가 급한 일인 것 같으면 답하고. 아니면 말고."

"연락 올 곳 없도록 상태 메시지도 바꿔두었어요. 그거랑 또 뭐가 있더라."

"제 뒷말이나 이런 거 핸드폰에 남아 있다면, 지금 지우시는 게 좋을 텐데."

"그런 게 어딨어요, 진작에 다 없애버렸지."

농담기 어린 눈매의 희진을 마주 보며, 나는 가까스로 웃음을 짜냈다.

"그리고 또. 또 뭐가 있더라. 아, 떡볶이."

"떡볶이요?"

"봄이 오면 떡볶이부터 먹을 거예요. 맥주 한 캔이랑."

희진은 푸하하 소리를 내고 웃음을 터뜨리며 허리를 꾸벅 숙이고 말했다.

"일어나자마자 드실 수 있도록 준비해두겠습니다."

"그리고, 그리고…… 다음 여름에도 제주도에 함께 가요."

"그럴게요. 까짓것, 올해만큼 덥겠어요, 제주도도."

"곶자왈은 안 가고 다른 데. 바다 보러 가요, 바다만."

"그래요, 바다. 내키면 인경 씨 출장 가는 데도 따라가볼 래요. 베트남이든 태국이든, 나도 이제 여름은 좀 잘 지낼 수 있을 것 같아요."

"그러면 희진 씨도 변온인간으로 변하고 있는 거 아닐까."

"그럴 리가요. 봐요, 지금도 주룩주룩 땀 세례인데."

땀을 볼 가운데로 흘려보내고 있는 희진은 말을 마친 후 나를 부축해 냉장고 박스 안으로 움직일 수 있도록 도와 주었다. 희진은 어두운 천장을 바라보며 정자세로 누워 있 는 나를 두꺼운 이불을 이용해 둘둘 싸맸다. 한 겹씩 몸에 이불과 담요가 덮일 때마다 몽롱한 기분이 들었다. 기억도 나지 않는 아주 오래전에 분명히 이런 일이 있었던 것 같 은, 그런 느낌이었다.

"누울 만하죠?"

희진의 목소리가 박스 바깥쪽에서 들려온다. 가볍게 고 개를 끄덕였다. 손끝과 발끝에서부터 나른한 기운이 몰려 오고 있었다.

"희진 씨가 변온인간으로 바뀌면 내가 도와줄게요."

"그럼 저도 달리기부터 할래요, 인경 씨처럼. 그런데 언제 깨워주면 될까요? 일어날 날을 인경 씨 스스로 알 수 있을까, 그게 걱정이네요."

"희진 씨가 느끼기에 아 좀 더운데, 하는 날이면 되지 않을까요."

"그럼 3월 초쯤 되려나. 요즘 겨울은 예전만큼 춥진 않대요."

"지구온난화 때문인가. 그런 걸까요."

"겨울이 점점 따듯해진대요, 그러다 보면 인경 씨는 더이상 동면하지 않아도 되는 걸까요?"

"그래도 겨울은 추운 게 좋겠어요. 겨울에만 살아 있는 동물들도 있을 텐데. 나는…… 겨울에 이렇게 자도 되니까요."

"봄이 빨리 오면 좋겠네요."

희진의 말을 들으며 눈을 깜박였다. 다시 눈을 뜨면 정말로 봄이 와 있을까. 겨울을 버틸 수 있는 이유가 저기에 있다. 조금만 더 늦게 내가 변해버렸다는 걸 알았다면, 함께 베트남에 가지 않았다면 영영 어긋나버렸을 것이 분명한, 겨울을 이겨내야만 하는 이유는 바로 저기에 있다.

희진의 얼굴이 벌써 그리워진다. 하지만 번져오는 나른

한 기운을 이기지 못한다. 생각하는 것을 그만두고, 말하는 것을 그만두고, 숨을 천천히, 아주 천천히 들이 내쉬며 나는 잠으로 빠져든다. 따듯한 와인을 연거푸 마신 것같이, 몽롱한 어지럼증이 온몸을 잠식한다. 이런 마지막도 좋을 것 같다.

하지만 부디, 다시 눈뜰 수 있기를. 겨울을 무사히 날 수 있기를. 그래서 내가 겨울을 버텨낸 이유를 다시 만날 수 있기를. 우리가 만난 행복한 여름을 다시 경험할 수 있기를.

나는 눈을 감았다.

　『부디, 얼지 않게끔』은 가을의 끝물에 시작해 봄의 초입에 마무리한 소설이다. 실제로 집중해서 글을 쓰는 동안에는 완연한 겨울을 통과해야 했다. 미세먼지로 뒤덮여 온종일 잿빛으로 칠해진 하늘 밑에서, 그 하늘과 꼭 같은 우중충한 차림을 하고 앉아 여름의 푸름과 온기를 기다리며 작업했다.

　소설이 쓰인 2019년의 겨울은 이상고온현상이 지속되었음에도 불구하고, 나에겐 그 어떤 때보다 춥고 매서웠다. 겨울을 앞두고 그해의 10월과 11월에 연달아 세상을 떠나야 했던 두 여성에 관한 소식 때문이었다. 수도 없이 쏟아지는 자극적인 기사들의 틈새에서 우울과 슬픔을 겪었다. 이따금씩 글을 쓰다가 말갛게 웃고 있던 그녀들의 미소가 생각나 한참을 멍하니 정지해 있곤 했는데, 그 시간들의 일부분이 소설에 엮이게 되었다. 불특정 다수의 위해가 닿지 않는 곳에 그녀들이 온전히 당도했기를 바랐고, 희진과 인경도 종국에는 겨울을 지나 '안전한' 봄에 다시 만날 수 있기를 소망하며 마침표를 찍었다. 지구가 한 번 공전하고 제자리로 돌아왔을 때에도 무사히 살아남아 아무도 다치지 않고 죽지 않은 채 손을 맞잡고 안부를 물을 수 있는 두 여성의 이야기, 그 과정을 전하고 싶었다.

이 책이 세상에 나오기까지 도움을 주셨던 모든 분께 고개 숙여 인사드린다. 『부디, 얼지 않게끔』 초고의 첫 번째 독자이자 작업하는 소설마다 섬세한 조언을 아끼지 않는 수진 언니, 편집에 힘써주신 안태운 편집자님, 바쁜 와중에도 추천사를 흔쾌히 맡아주신 강화길 작가님과 싱어송라이터 김목인 님, 언제나 곁에서 응원해주는 친구들 그리고 사랑하는 어머니께 감사 인사를 보낸다. 마지막으로 늦은 새벽까지 작업이 이어질 때마다 토독거리는 키보드 소리를 들으며 발밑에서 선잠을 자던 반려견 슈에게 무한한

애정을 전한다.

 이번 봄이 아니면 내년의 봄이, 이 여름이 아니라면 언
젠가 다가올 여름이 우리를 기다려주고 있을 것이라는 작
은 희망을 품으며.

2020년 가을

강민영

부디, 얼지 않게끔

© 강민영, 2020

초판 1쇄 인쇄일 2020년 11월 5일
초판 1쇄 발행일 2020년 11월 16일

지은이   강민영
펴낸이   정은영
편집   안태운 김정은 정사라
마케팅   이재욱 최금순 오세미 김하은 김경록 천옥현
제작   홍동근

펴낸곳   (주)자음과모음
출판등록   2001년 11월 28일 제2001-000259호
주소   04047 서울시 마포구 양화로6길 49
전화   편집부 (02)324-2347 경영지원부 (02)325-6047
팩스   편집부 (02)324-2348 경영지원부 (02)2648-1311
이메일   munhak@jamobook.com

ISBN 978-89-544-4540-5 (03810)

이 도서의 국립중앙도서관 출판예정도서목록(CIP)은 서지정보유통지원시스템 홈페이지
(http://seoji.nl.go.kr)와 국가자료공동목록시스템(http://www.nl.go.kr/kolisnet)에서
이용하실 수 있습니다.(CIP제어번호 : CIP2020045703)